負けヒロインが多すぎる！
JN048042
雨森たきび
ILLUST. いみぎむる

「やっぱりそうだ！
あの女は草介の身体目当て
なんだ……」
八奈見杏菜
やなみ・あんな

「光希のやつ、
やっぱ頭のいい娘の方が
好きなのかな……」
焼塩檸檬
やきしお れもん

小鞠知花
こまり・ちか
「か、かかっ、可愛いって。
部長、言った、言って、くれた。
……えへへ」

「お兄様、随分頑張りましたね。
はい、偉い偉い」
温水佳樹
ぬくみず・かじゅ

~マケイン・オン・ザ・ビーチ~

ON THE BEACH

CONTENTS

~1敗目~
プロ幼馴染
八奈見杏菜の
負けっぷり
012

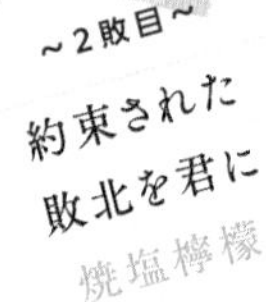

~2敗目~
約束された
敗北を君に
焼塩檸檬
090

Intermission
いいえ、お腹が
空いても
神様みたいな
いい子でした
088

Intermission
モヤモヤの正体
先生が教えて
あ・げ・る
170

~3敗目~
戦う前から
負けている
小鞠知花の撤退戦
174

Intermission
ふりかえらなくても
そこに居る
252

~4敗目~
負けヒロインを覗く時、
負けヒロインもまた
あなたを覗いているのだ
255

Too Many Heroines

Too Many
LOSING
Heroines!
AMAMORI TAKIBI
presents
Illustration by
IMIGIMURU
雨森たきび
ILLUST. いみぎむる
負けヒロインが多すぎる！

登場人物紹介

MAKEINE CHARACTERS

温水和彦
ぬくみず・かずひこ
高校1年生。
達観ぼっちな少年。

八奈見杏菜
やなみ・あんな
高校1年生。
明るい食いしん坊女子。

小鞠知花
こまり・ちか
高校1年生。
文芸部。
やや腐りぎみ。

焼塩檸檬
やきしお・れもん
高校1年生。
陸上部エースの
元気女子。

温水佳樹
ぬくみず・かじゅ
中学2年生。
全てをこなす
パーフェクト妹。

月之木古都
つきのき・こと
高校3年生。
文芸部の副部長。

志喜屋夢子
しきや・ゆめこ
高校2年生。
生徒会役員。
歩く屍系ギャル。

玉木慎太郎
たまき・しんたろう
高校3年生。
文芸部の部長。

甘夏古奈美
あまなつ・こなみ
社会科教師。
1-Cの担任教師。

小抜小夜
こぬき・さよ
養護教諭。甘夏とは
かつての同級生。

一学期の期末試験も今日で終わりだ。

夏休みまで十日を切った金曜日の昼下がり、俺はあえて学校から離れた隣町のファミレスでドリンクバーと山盛りポテトを注文した。

ハンカチで額の汗を拭きながら、ゆったりと店内を見回す。

肝心なのは焦らないことだ。ポテトが運ばれてくるのを待ってから、ゆっくりとドリンクを取りに行く。

「さて、始めるか……」

周りに同じ学校の制服がないことを確認してから、カバンから文庫本を取り出す。

買ったばかりの『年上の妹に甘えちゃってもいいですか?』の最新刊だ。

コーラ&ポテト&ラノベ。さあ、パーティータイムの始まりだ——

～1敗目～　プロ幼馴染　八奈見杏菜の負けっぷり

『お兄ちゃんはよく頑張ったよ。辛かったよね。お兄ちゃんが一生懸命なのは全部分かってるから、胡桃に好きなだけ甘えちゃっていいんだよ』

……ヒロインでもある妹のセリフに俺は思わず涙ぐむ。

どんな時でも主人公を甘やかす胡桃ちゃんの包容力には身震いせんばかりだ。シリーズ恒例の二十頁にも渡る甘やかしシーンを堪能すると、俺は静かに本を閉じた。

しみじみと表紙の胡桃ちゃんを眺める。

ああ、俺もこんな恋がしたい。この柔らかそうな太腿で膝枕を――

「駄目だよ草介！　こんなところで油売ってる場合じゃないよ！」

隣のテーブルから聞こえてきた叫び声に、俺の妄想は吹き飛ばされた。一組のカップルが何やら揉めているようだ。

やれやれ、全くこれだから陽キャという奴は……。少しは甘やか天使の異名を持つ菓子谷胡桃ちゃんを見習うがよい。

さて、次はメロンソーダでも飲みながら、挿絵のシーンをじっくり読み返すとしよう。

「っ!?」

ドリンクバーに向かおうとした俺は慌てて座り直す。

油断した。隣の席のカップルは同じ高校の生徒。それどころかクラスメイトだ。

叫び声の主は八奈見杏菜。ゆるふわカワイイ系のクラスでも人気の女子だ。

向かいに座るのは袴田草介。こっちも目立つ明るいイケメンだ。いつも二人一緒にいたが、やはり付き合っていたのか。

しかしなんでまた、こんなところで痴話喧嘩をしているのか。俺は文庫本に目を落としつつ、耳をそばだてる。

「早く迎えに行かないと、華恋ちゃんイギリスに行っちゃうんだよ。それでいいの？」

「だけど華恋の奴、俺にサヨナラって――」

「そんなの迎えに来てって意味に決まってるじゃない！」

……なんだそのどこかで聞いたような話。俺がラノベを一冊読み切る間に、こいつらの物語もクライマックスに突入してやがる。

さっきから名前の出ている華恋って……少し前に転校してきた女子のことかな。確か姫宮華恋とか言ったか。

転校初日の自己紹介早々、『あーっ！　あんたはあの時の痴漢男っ！』とか、袴田と喧嘩していた気がするが。

ていうか、もう転校すんの？　イギリス？　展開早過ぎない？

「なんで、そんなこと分かるんだ？」

「分かるよ！　だって、私もずっと草介のこと……」

唇を嚙みしめて、うつむく八奈見。

「杏菜、俺──」

「ううん、いいの」

八奈見は気丈に顔を上げると、立ち上がって自転車の鍵をテーブルに置いた。

「行ってあげて。華恋ちゃんが待ってるよ」

「……いいのか？」

「華恋ちゃんはいい子だもん。幸せにしてあげないと承知しないよ」

「ありがとう。俺、華恋に気持ちを伝えてくる」

「頑張ってね。振られたら、私が愚痴くらい聞いてあげるから」

「……悪い、杏菜」

そう言うと袴田は飛び出していった。八奈見には目もくれず。

しばらく立ち尽くしていた八奈見は、力無く腰を下ろすとポツリと呟いた。

「……謝らないでよ。馬鹿」

それにしても俺はなんて場面に出くわしてしまったのか。縁のない陽キャ世界の出来事とはいえ、武士の情けだ。ここは見て見ぬふりをしよう。

メニューに顔を隠してやり過ごそうとした俺は思わず目を疑った。

――っ?!　まさか、まさかそんなこと！

たった今振られたばかりの少女、八奈見杏菜。彼女がゆっくりとグラスに手を伸ばしたのだ。自分を振ったばかりの男、袴田草介のグラスに。

――やめろ！　そんな悲しいことはやめるんだ！

俺の必死の祈りも届かない。八奈見は両手でグラスを持ち、ためらいつつもストローをくわえた。

……嗚呼（ああ）、ついにやってしまった。

ふと、その瞳が何かに吸い寄せられるように一点を見つめた。その視線の先にいるのは――俺だ。

まずい、目が合った。

最後の希望は八奈見が俺に気付かないことだが――

あ、八奈見の顔が真っ赤に染まる。そして、ブハッ！　思い切りコーヒー吹いた。激しく咳き込む八奈見杏菜。

……これだから三次元は。

こうなったら徹底的に見なかったフリをしよう。俺は吹けもしない口笛を吹きながら、メニューを読んでる風を装う。

そんな俺の気遣いもむなしく、八奈見は向かいの席に腰を下ろしてきた。

マジか。なぜ俺をそっとしておいてくれない。

「同じクラスの温水君、だよね？」

「う、うん。八奈見さん、いたんだ。ゼンゼンキヅカナカッタヨ」

うわ、メッチャ棒読みになったぞ。

八奈見は耳まで赤くして、俺を上目遣いに睨みつけてくる。

「こ、このことは誰にも言わないで！」

「あ、ああ。俺は何も見てないよ。大丈夫」

「そう、そうです！　温水君は何も見ていないから！」

八奈見は気まずそうに目を逸らし、立ち上がる。

なんか俺がのぞき見してたような扱いだが、お前らが後から勝手に来たんだからな。

まあいいさ。俺は構わずドリンクバーに向かう。さて、もう一杯くらいは冷たいジュースで頭を冷やすか。

　メロンソーダを手に戻ると、八奈見はまだテーブルの脇に立っている。なんかオドオドと財布の小銭を数えているけど、ひょっとしてお金が足りないのだろうか。

　スルーして席に戻──ろうとしたが、テーブルの前でウロウロされては無視も出来ない。

　……やむを得ない。優雅な放課後を守るためだ。念のため心の中で十ほど数えてから声をかける。

「えーと、お金が足りないの？」

「へ？」

　半泣きでうろたえていた八奈見はこくりとうなずく。

　八奈見の手から伝票を取る。全く、どんだけ食べたんだ。

　袴田（はかまだ）の奴、ステーキセットとか頼んでるぞ。八奈見は八奈見で、見栄張ってサラダとスープだけ頼んだ上に、足りずにハンバーグセットとデザートを追加してやがる。なんだこの無計画ぶり。

「いいよ、代わりに払っとくから。月曜に返して」

　嗚呼（ああ）、帰りにラノベを大人買いしようと思ってたのに。

　とはいえ俺も事情を聞いてクラスメイトを見捨てるほど薄情ではない。

「え、いいの？　あなたのこと名前くらいしか知らないのに」

　いいんだ。さっさと帰って欲しいだけだし。

……なのに何故こいつは俺のテーブルに座り直すのか。

「えーと、どうして座ってんのかな」

「ありがとう。ごめんね、温水君のことちょっと誤解してたみたい」

さっきから何気に失礼なこと言われてないか。ちなみにこいつを助けたことを、ちょっと後悔し始めているのは秘密だ。

「で、だからなんで座ってんのかなーって」

大事なことだから二回言ったぞ。

にも関わらず、八奈見は両手を合わせてどこか遠くを見る目をする。

「草介はね、私の幼馴染なの」

こいつ、なんか語りだした。

「子供の頃、草介がシロツメクサの指輪をはめてくれてね。お嫁さんにしてくれるって……。お嫁さん……」

八奈見の目から涙がダバーッとこぼれ出す。

「うわわわわ！　ちょっと八奈見さん、大丈夫か！」

えー、もうなんなんだこいつ。周りの目が痛い。

俺はドリンクバーに逃げ出すと、適当なティーバッグを選んでお茶を入れる。

「と、とにかくこれでも飲んで落ち着いて」

「ありがとう。これ、美味しいね……」

「それは良かった。ローズヒップティーだってさ」

そういや張り紙に効能が書いてあったな。えーと、確か。

「美肌効果があるんだって」

「美肌……」

ふっと自嘲気味に笑う八奈見。

「見せる相手もいないですけど」

やめて、生々しい。さあ、それを飲んだら帰ってくれ。

なんと言って追い返そうか考えていると、

「山盛りポテトフライお待たせしましたーっ！」

「え？」

ポテトが目の前に置かれる。しかもなんか料金が俺の伝票についてるし。

「なあ、これって一体」

「華恋ちゃんは大切な親友だよ。でも、でもね？　彼女、5月に転校してきたばかりだよ？

ねえ、草介と私の十二年間って何だったんだろうね」

ズビーッ。八奈見は紙ナプキンで鼻をかむと、ポテトをもくもくと食べ始めた。

「もう一度聞くけど。このポテトって八奈見さんが頼んだの？」

「草介だって私をお嫁さんにするって言ったのに、ひどくないかな？　嘘つきだよね」

俺の受けてる仕打ちもひどくないかな。

しかしまあ、乗り掛かった舟だ。俺は溜息を堪えながら足を組む。

「お嫁さんって、いくつの頃の話？」

「小学校に上がる前だから４、５歳くらいかな」

それはノーカンだろ。

「これって浮気じゃないのかな。ちょっと可愛くて胸が大きい転校生が来たからって乗り換えるとか」

乗り換えた？　へえ、袴田も爽やかな顔して浮気とかするんだ。

確かに転校生の姫宮華恋は文句なしの美少女だ。

八奈見も可愛さでは引けを取らないかもしれないが、ゲームやアニメのメインヒロインを張れるほどの華やかさ——こればかりは持って生まれてのものだ。

俺は八奈見に少しばかりの親近感を覚えながら、気遣わし気な口調で尋ねる。

「やっぱ八奈見さんと袴田、付き合ってたんだ」

「え？　や、やだ、そう見えたかな。ちっちゃな頃からお似合いだって言われててね。やっぱり外からはそう見えるよね。えへへ」

赤らめた頬を恥ずかしそうに押さえる八奈見。

え、つまりそれって……？

「付き合ってなかったのか？　じゃあ、浮気でもなんでもないじゃん」

俺の言葉に、八奈見の顔色が変わる。

「えっ?!　だっ、だから半分付き合ってたようなもので、あの乳牛女が出てこなければきっと今頃上手くいってたの！」

大切な親友どこ行った。

「それにまだ勝負はついてないというか。草介が土壇場で心変わりするとかないかな？」

「……いや、勝負は完全についてるよね」

伊達に幾多のラブコメを読んできたわけじゃない。こいつに逆転の目はない。

俺は悲しい気持ちでメロンソーダをすする。

「実を言うとね、秘密だよ。私、草介とお風呂に入ったことだってあるの」

「それも4、5歳の頃の話だよね」

あいつらも直にそこを通過するから覚悟しとけ。

「それにそれに！　お互いの両親が公認というのも大きいんじゃないかな。結婚ってどうしても家と家との付き合いが――」

一方的に話し続ける八奈見の目から、またも涙がダバダバこぼれ出す。

「うわ、どうしたんだ！」

「……結婚式……お嫁さん……私が着るはずのドレスを……乳牛女がこれ見よがしに……」

恋敵のウェディングドレス姿を想像してしまったらしい。ああもう、振られたての女ってこんなに不安定なものなのか。

「……分かっているの。もっと早く勇気を出してたら違った結果になったかもって」

「そ、そうだな。お代わりいる？　ミントティーもお勧めだぞ」

「あれ歯磨きの味するからやだ……」

ひとしきり泣くと落ち着いたのか。涙を拭いながらにこりと微笑む。

「ごめんね、取り乱して」

「いや、それは大丈夫」

俺に謝るべきはそこではない気がするし。

「私はいいの。草介が笑ってさえいてくれたら私はそれで。彼の一番の友人でいられたら、それでいいの」

「そ、そうか……」

しかし、なんなんだ八奈見の豪快な振られっぷり。

八奈見の話は続いている。俺はポテトに手を伸ばしながら、同情に満ちた目で八奈見を眺める。

そういえば、世の中にはこいつみたいな女を表わす言葉がある。

……八奈見杏菜（やなみあんな）。そう、こいつこそ『負けヒロイン』だ。

◇

そんなことがあってから三日後。月曜日の学校。

俺は濡れた口元を拭いながら蛇口を締めた。

都会の水道水は不味（まず）いとか、いや最近は却（かえ）って美味（うま）いとか言われている。だが同じ建物の蛇口による味の違いを知る人は少ない。

俺はツワブキ高校1年C組、温水和彦（ぬくみずかずひこ）――『知る側』の人間だ。

「やはり午前中は、ここの水道に限るな……」

俺が3限の休み時間に選んだのは、新校舎一階の図書室前手洗い場。

屋上の市水タンクからの距離が一番遠く、塩素の含有量が少ない。昼食前の胃の負担を考えた選択だ。

さて、教室に戻るとするか。

たらふく水を飲んだ俺は、残り時間と距離を計算しながら帰途につく。あまり早く帰ると自分の席に誰かが座っているという面倒な事態に対処ができない。

　ぶらぶらと廊下を歩きながら、先週の出来事を思い出す。

　八奈見杏菜。学年でもかなり可愛(かわい)い方なので、入学式で男子が割と騒いでいた気がする。俺は最初から縁遠い存在なので視界に入れないようにしていたが。

　こないだは結局、彼女の気が済むまで話に付き合わされることになった。女子とあんなに話をしたのはいつぶりか。

　笑顔と涙、コロコロと変わる彼女の表情に見惚(みと)れたり、ハラハラしたり。

　まあ、所詮は違う階層の住人同士。立て替えたお金を返してもらえば小さな縁も打ち止め。

　そう思えば、ちょっとした思い出の一つだろう。

　腕時計を確認しながら教室に入ると、チャイムの鳴る３０秒前。完璧だ。

　……小さく舌打ち。俺の席に先客がいる。

　座っているのは焼塩檸檬(やきしおれもん)。陸上部の女子で、こんがり日焼けした体育会系女子だ。

　奴のことは中学から知っている。明るく可愛い人気者で、いつも彼女の周りには人が集まっている。放っておけばチャイムが鳴るまで動かないだろう。

　俺は遠回りをして自分の席を通り過ぎると、こんな時のために用意しておいたレシートをゴミ箱に捨てた。狙い通りのタイミングでチャイムが鳴る。

　これで焼塩も自分の席に戻るだろう。さあ、俺も席につくとするか。

「……？」

違和感に足が止まる。何故だ。誰も自分の席に戻ろうとしないぞ。

もしかして。俺は黒板に目をやった。

『4限　世界史　開始が10分遅れます。それまで自習』

――しまった、そういうことか。クラスの連中は休み時間が10分伸びたくらいにしか思っちゃいない。

さて、どうする。額ににじむ汗を拭いながら、掲示板の前に立つ。

……へえ。今月、高総体の壮行式があるのか。アーチェリー部が三年連続の全国出場を決めたらしい。凄いなあ。

俺は心を無にして高総体の日程表を先頭から読んでいく。

開会式7月22日、バレー女子22日～25日、カヌー競技7月28日～31日――

「――じゃあ、お昼ご飯は三人で食べようよ！」

よく通る明るい声が俺の集中を吹き飛ばした。

この声は姫宮華恋だ。

こっそり様子を窺うと、彼女は八奈見と袴田の三人で談笑中。華やかな美貌と明るさで、なんというか正ヒロイン感満載の美少女だ。そして、確かにデカイな……。

見れば八奈見は明るい表情でコロコロと笑っている。

……こないだの件で八奈見が気がかりだったが、なんだか元気そうだ。くっついたり離れたりとか、きっと陽キャにはよくあることなんだろう。

「私は遠慮しとくね。二人のお邪魔虫にはなりたくないもん」

八奈見はからかうように笑ってみせる。

「気を使わないで。だって私たち、友達じゃない」

「ああ、気を使うなんてお前らしくもないぜ」

「草介こそ、少しは華恋ちゃんに気を使ってあげなさいよ」

遠慮がちに袴田を小突く八奈見。

「ねえ、杏菜」

「どうしたの華恋ちゃん——」

突然、姫宮華恋は八奈見をぎゅっと抱きしめる。

「え、どうしたの？」

「ありがとう。やっぱ、杏菜は私の親友だね」

そいつ、お前のこと乳牛女って呼んでたけどな。

「もう、華恋ちゃん。ここ教室だよ？」

八奈見はそう言って姫宮華恋の肩をポンポン叩く。

まあ、八奈見も吹っ切れたならそれでいい。

……安心しかけた俺は気付いてしまった。

姫宮に抱きつかれた八奈見の足はブルブル震え、後ろ手に組んだ指は力を入れ過ぎて白く変色している。

うわ、こいつ全然吹っ切れてないぞ。

「じゃあ、昼休みは中庭でご飯を――」

「え、えーと。その」

笑顔で食い下がる姫宮に、八奈見の顔色が青ざめていく。

俺は思わず三人に歩み寄り、思い切って声を掛けた。

「ねえ、八奈見さん」

「「「えっ」」」

キョトンと俺を見つめる三人。

これだ。この表情だ。悪かったな背景キャラが話しかけて。

すっかりくじけそうになったが、平静を装い用意しておいたセリフを言う。

「八奈見さん、日直だよね。甘夏先生が印刷室に手伝いに来てって言ってたよ」

「え。ああ、そうなんだ。ありがとう、すぐ行くね」

八奈見はほっとした顔で姫宮の腕から抜け出す。そのまま教室を出ていこうとして、思い出したように俺を振り返った。

「じゃあ、温水君も手伝ってくれないかな」

◇

何故だか八奈見と並んで廊下を歩いているが、さて何を話せばいいのか。

俺は八奈見を横目で観察する。

八奈見杏菜。ゆるふわっとした髪型の女子力高そうな娘だ。

少しタレ目なとことか、あどけなさを感じさせる小さな顔とか、男受けする要素が詰まっている。

……いや、こいつ可愛いよな。袴田草介の奴、何でこいつを振ったのか。幼馴染なんだし、こいつでいいじゃん。

確かに姫宮華恋はもっと可愛くて乳がでかくて華やかだけど――

「ん？　なんか私の顔に付いてる？」

八奈見は首を傾げると、無防備に俺の顔を覗き込んでくる。

「え？　あ、いや」

……いかん、ちょっと失礼なことを考えてた。

テンパる俺に気付いたのか、彼女は自然に距離を詰め、俺にだけ聞こえる声で囁いた。

「温水（ぬくみず）君。ひょっとして助けてくれたのかな？」

「いやまあ、困ってたみたいだから。余計なお世話だったかもしれないけど」

「ううん、ありがと。もうちょっとで華恋（かれん）ちゃんの胸を鷲掴（わしづか）みにするとこだったし」

真面目な顔で何言ってんだこいつ。

「どこ向かってるの？　先生が手伝って欲しいってのは嘘なんだよね」

「甘夏（あまなつ）先生が自習させるのは決まって資料の印刷忘れだし。せっかくだし手伝おうと思って」

社会科教師にして俺たちの担任、甘夏古奈美（こなみ）。

遅刻の常連だが、決して不真面目なわけではない。しばしば授業時間を間違えたり、教材を忘れたり、教室を間違えたりするだけなのだ。

そして自習時間を設けるのは、資料の印刷忘れが定番だ。

印刷室のドアを開ける。予想通りそこには先生の姿。が、

「うわ、どうなってんだ」

机や床、そこら中に紙が散らばっている。

惨状の真ん中でコピー機と格闘しているのは予想通り甘夏先生。制服でも通用する小っちゃ可愛（かわい）い先生だが、なんというか。

「ありゃ、八奈見（やなみ）。どうしたんだ授業始まって――うきゃっ！」

紙で足を滑らせ、プリントをぶちまける甘夏先生。

ドジといえば聞こえがいいが、とても世話の焼けるお人である。

「私、何か手伝えることがないかと思って」

「おお、助かるぞ。じゃあ、資料をクラスの人数分コピーしておくれ」

床一面に散らばるプリント。……で、コピーする資料はどれだ。

結局、三人がかりで資料を探し出した頃には、自習時間の10分間はとっくに過ぎていた。

「今回の資料は力を入れたから、楽しみにしててくれよ」

確かに甘夏先生の資料はいつも手が込んでいる。俺は何気なく中身を眺めた。

「先生、これって授業の範囲と違いませんか？　今日から中国史に入るって」

「おいおい、誰だか知らんがしっかりしろよ。2年生の7月はビザンツ帝国だ。萌えポイントをじっくりと教えてやる」

「先生、今から1‐Cで授業ですよ」

それに俺、あなたのクラスの生徒です。

「ええええっ！」

ばさばささ。折角(せっかく)集めたプリントを取り落とす甘夏先生。

「大丈夫、まだ40分あるからそれまでには資料の準備を終わらせる！　ちょっと待ってろ！」

それって授業終わってないか。

もう一度すっ転んでから、パタパタと印刷室を飛び出していく甘夏先生。

……嵐は去った。先生の勢いに飲まれていた俺たちは、ようやく動き出す。

「とりあえず部屋を片付けるか」

「そうだね。甘夏先生、相変わらずだね」

無言で部屋を片付けていると、なんとなく居心地が悪い。女子と二人で人気のない印刷室。何か話した方がいいのだろうか。

……そういや大事な用事があった。俺は咳払い一つ、八奈見に声をかける。

「あのさ、金曜に立て替えたお金だけど」

「あ、そうだよね。いま財布持ってないし、昼休みに旧校舎横の非常階段に来てもらっていいかな」

「え？　ああ、返してくれるならそれで」

教室で地味な俺と絡んでるところとか、クラスの連中に見られたくないのだろう。ましてや振られた男の前だ。

俺は何気にいじけながら集めたプリントを八奈見に手渡した。

八奈見は集めたプリントをトントンと揃えながら、

「……温水君も気付いた？　あの二人、付き合いだしたんだよ」

抑揚のない口調でそう言った。

見れば八奈見はハイライトの消えた目で、機械のようにプリントをトントンと揃え続けている。

「えーとまあ、何となく。そのプリントもう揃ってない？」

「二人にお昼ご飯誘われたのも聞いてたでしょ？　普通、誘うかな」

　プリントを握る手に段々と力が入っていく。

「……ねえ、嫌がらせなのかな？　私に見せつけようとしてるのかな？」

　ついには紙束を握り潰す八奈見。

「いや、あの、袴田とは班別学習で一緒になったことあるけど、凄くいい奴だったよ？　そんなことする奴じゃないって」

「だよね。草介、そんな人じゃないよね」

「うん、そうそう」

「草介、天使みたいにとおとみが凄いんだよ。小さな頃の写真なんてね、何で天使が写ってるのかな、ＳＮＳがバズっちゃうぞーってくらいの可愛さで。えへへ」

　うっとりと目を閉じて、追憶の世界に旅立つ八奈見。

　どれだけ経っただろう。再び開いた八奈見の瞳には、黒い炎が蠢いている。

「……そうか。つまり、華恋ちゃんか。華恋ちゃんが悪魔なんだね」

「え」

「自分の男に近付かないように、私の心を折ろうとしているんだ」

「えーと、それは考え過ぎでは」

「親友だと思ってたのに。あの野放図に育った身体で草介を誑かしたんだ……」

こないだから思ってたんだが、お前ら本当に親友なのか。

「あの大きな袋の中にはドロドロとした悪意が詰まってるのよ。ねえ、温水君もそう思わない？」

同意を求めないでくれ。俺にとっては夢と希望の二つの袋だ。

ああ、先生。早く戻って来てくれないか。助けを求めるように視線をやると、タイミング良く開く扉。

「良かった。先生——」

「ビバ・ビザンティン！」

やたら高いテンションの甘夏先生が入ってきた。嫌な予感しかしない。

「先生どうしたんですか」

「それがさ、よく考えたらそもそも一年生の授業の準備してなかったんだ。だから職員室にこもってやり過ごそうと思ってたんだけど」

なぜ笑顔でそんなこと言えるんだ。この人、確か社会人だよね。

「でも、資料がなくても1年坊主どもにビザンツ帝国の萌えを伝えることはできると気付いたんだ。さあ、早速教室に戻るぞ」

「……先生、ちゃんと授業してください」

俺、なんでこの人に戻ってきて欲しいとか思ってたんだっけ。

「2年生の内容なら、準備万端なんだぞ？」

「授業は教科書使ってやりましょう。ね、先生ならきっとできます」

「えー、でも準備もなしでできるかな」

「できるかな、じゃない。やるんです」

俺の適当な激励がなぜか琴線（きんせん）に触れたらしい。甘夏先生は小さな拳をぐっと握り締めた。

「分かった、先生やってみるぞ。教科書忘れたけど」

「いや、それは取りに行きましょう」

「お前、親切だな。だけど授業始まってるから自分のクラスに戻ろうか」

「俺、あなたのクラスです」

……先生。俺、突っ込み疲れたんで帰っていいですか。

◇

その日の昼休み、俺は待ち合わせ場所の非常階段に腰を下ろした。

学校にこんなところがあったのか。感心して辺りを見回す。

外からの視線が防げる上に人通りもないプライベート空間。入学から4か月、そろそろ水道水に飽きが来ていたし、休み時間の退避場所にもってこいだ。

八奈見(やなみ)の奴、いつ来るか分かんないしパンでも食うとするか。

「あ、温水(ぬくみず)君ここにいた」

上の階から八奈見が下りてくる。何気なく見上げた俺は、視界に広がる白い太ももに慌てて顔をそむけた。

「っ！　いや、あの、そんなつもりは」

慌てる俺に構わず、八奈見は隣に腰を下ろしてきた。

「助けて」

座るなりそんなことを言い出す八奈見。

「放課後、三人でカラオケ行こうって華恋(かれん)ちゃんが」

……カラオケ。陽キャ御用達(ごようたし)の歌唱遊戯だ。助けが必要とか、やはり危険な遊戯であることは間違いない。

「え。行けばいいじゃん」

俺の当然の受け答えに、八奈見は絶望の表情で頭を抱える。

「あの二人がデュエットしてるのを聞かされるんだよ！　温水君、私に死ねというの?!」

知らないってば、そんなこと。

「俺、カラオケとか行ったことないから、そういうの良く分かんないし」

「あっ」

八奈見の表情が曇る。

「あの……。ごめんね、私、そんなことになってるなんて知らなくて……。ホントごめんなさい。なんてお詫（わ）びを言っていいか……」

え、ちょっとちょっと。そんなに謝んないで。ねえ、やめてよ。泣くからやめて。

「ホントそこは気にしないで。じゃあ、あの、こないだのお金なんだけど」

「二人は気にせず今まで通りって言うんだけど」

なんか八奈見の奴、弁当箱を開いたぞ。ここで飯を食うつもりか。

「はあ。まあ、無理しない程度でいいんじゃないか。あのそれで、お金を……」

「お金を借りた日の夜遅く、二人から正式に付き合いだしたって報告もらったの」

ザクザクザクザク。箸で思い切り里芋を突き刺す。

「……それまでどこで何してたんだろうね」

「え、いやいや、たまたま連絡が遅れただけだろ?」

「その晩、草介（そうすけ）のお姉さんからメッセが来たの。草介と連絡とれないけど一緒に居るの？　って」

「へえ……」

助けて。

俺は目の前のカレーパンをひたすら見つめた。

「連絡取れないようなことしてたのかなー、かなー」

続けざまに突き刺された里芋が粉々に砕け散る。

「き、きっとスマホのバッテリー切れじゃないかなー。俺も良くやるし」

「うん、そうよね。信じなきゃだめよね。……何を信じればいいのか分からないけど」

俺もこの時間が何なのか良く分からない。

しばらくうつむいていた八奈見がようやく顔を上げる。

「ごめんね、一人で勝手に話しちゃって」

「あー、うん。構わないよ。話くらいなら聞くから」

「ありがとう、温水君。こんな話、友達や知り合いには聞かせられないから嬉しいな」

俺まだ知り合いですらなかったのか。

「昼休み終わるからさ。ご飯、食べようか」

知り合いですらない俺たちの共通の話題は、ラブラブカップルと目の前の昼飯だけだ。俺の提案に八奈見は疲れたような笑みを浮かべた。

「……そうだね。ご飯、食べないとね」

無言で始まる昼食。

早々にカレーパンを食べ終えた俺は、ちらりと八奈見を見る。俺、なんで女の子と並んで飯を食っているのか。

カースト上位の連中は、振ったり振られたりなんてきっと頻繁にあるのだろう。

八奈見もこれだけ可愛いのだ。振る側に回ったこともあったに違いない。そして今回、彼女は振られる側に回った。

それはきっと彼女の人生では避けられないことで、これからも同じようなことは何度もあるんだろう。俺とは違って。

「あの、八奈見さんは」

思わず声が出たことに俺自身驚いた。つーか続き、考えてないぞ。

「えっと、男子から凄く人気あるし。その、きっと姫宮さんよりファンが多いんじゃなかろうか。うん」

八奈見は一瞬、不思議そうに俺を見る。またこの顔だ。きっとテレビから突然名前を呼ばれた時、人はこんな顔をするのだろう。

「えーと。私を慰めてくれようとしてるの、かな?」

「あー、うん。ごめん、変なこと言ったな。忘れて」

うわ、やっちまった。やっぱ背景から出てくるんじゃなかった。

後悔する俺にくすくすと笑い声が聞こえてきた。

八奈見のふにゃっとした笑顔に、照れて思わず目を逸らす。

「ありがと。温水君のこと、まだまだ誤解してたみたい」

言って、まだ無事な里芋を口に運ぶ。

……誤解は根深かった。俺の印象、どんなんだったんだ。

「じゃあ、そろそろお金を返してもらっていいか。これ、こないだのレシート」

「うん、あの時はありがとうね。本当に助かった――」

受け取った八奈見の動きがピタリと止まる。

「どうしたの?」

「あれれ、金額上がってないかな」

「八奈見さん、追加でスイカパンケーキ頼んだよね。アイストッピング付きの」

「うん」

「それと、〆に豚しゃぶサラダうどんを」

「だってサラダは太らないし」

サラダに対するこの信頼感。嫌いじゃないぞ。

納得してくれたみたいだし、今度こそお金を返してもらおうか。

差し出した俺の手とレシートを交互に見比べていた八奈見は、何かを決したようにこくりとうなずいた。

「……例えばなんだけど。温水君が嫌じゃなければ、代わりのもので返すっていうのはどうかな」

「代わりのモノ？」

さて、なんだろう。

八奈見はもじもじと顔を赤らめ、箸で煮物の鶏肉を掴(つか)んでは取り落とす。

「わ、私、あんまり上手じゃないから満足してもらえるか分からないけど。その、お金ないから、こんなことしかできなくて。草介(そうすけ)も昔は喜んでくれたし――」

「はあ」

つまりどういうことだ。はにかむ八奈見の箸の先、ぬらぬらテカる鶏肉をぼんやり眺める。

恥ずかしそうに顔を伏せる八奈見――ぬらぬらと光る鶏肉――

え？　え？　ええっ?!　まさか……ぬらぬら方面の話!?　そんな急展開が?!

俺は全力で首を横に振る。

「え、いやいやいや！　マズいって！　ここ、学校だし！」

「私、料理はそんな得意じゃないけど、お弁当くらいなら」

「……え？　お弁当？」

「うん。あの、どうかした？」

八奈見は澄んだ瞳で、コトンと首を傾(かし)げる。

「いやいやいや！　あー、お弁当ね」

……いかん、俺は何を考えていたんだ。気を取り直してレシートの金額を眺める。

「だけど、弁当一個でこの金額は」

昼飯代を削りコツコツ貯めた虎の子だぞ。

「うん、だから毎回金額つけてもらって、レシートの金額になるまで作ってきてあげる」

女の子の手作り弁当。こんなことでもなければ一生食べない代物だ。それに、その分昼飯代が浮くから確実に回収出来ると言えば言える。

だがなんというか。……めんどくさい。

人目を避けて弁当を受け取ったり金額つけたり。

「えーと、あの。やっぱり俺」

「じゃあ明日から、ここで待ってるから」

これで解決とばかりの八奈見（やなみ）の笑顔。嬉しそうに鶏肉を頬張（ほおば）る彼女の姿に、俺はただこう言う他なかった。

「……うん、楽しみにしてる」

◇

昼休み終了の予鈴を聞きながら、俺はぐったりと椅子に身体を沈めた。

疲れた。なぜ借金を返してもらうのに、こんなに疲れなければならないのか。

……つーか、返してもらってないよな。

なんか知らんが八奈見は手作り弁当を作って、俺に借金を返すと言っていたが。つまりこの先当分、あいつの手作り弁当を食べるのか？

俺にとっては考えもしなかった超展開、そろそろ頭の処理能力を超えつつある。

季節は7月も中盤。よし、今学期の残りは何も考えずに静かに暮らそう。俺は気配を殺すイメージを脳裏に描いた。

……よし、これで今日は誰も俺に話しかけてこない。なにしろ入学以来、この術式が破られたことは――

「あ、あの、ぬっ、温水君、ですよね」

簡単に破られた。切羽詰まった感じの女子が俺に詰め寄ってくる。

「わ、わっ、わたし、ぶん、文芸部1年のっ、です！」

そこまで何とか言い切ると、ゲホゲホと咳き込む。

なんだこの女の挙動不審っぷり。俺など問題にならないぞ。

「え？　誰？　どこの？」

「あっ、あの、小鞠です！　文芸部！　小鞠知花！」

小鞠と名乗る女生徒は、ぶかぶかの夏服の裾を引っ張りながら、涙を浮かべた大きな瞳で見つめてくる。

「あ、あの、ぶ、部活動のことで、お、お話が！」

「俺に？　なんで文芸部の人が？」

「だだ、だって、温水君、文芸部、でしょっ！」

「えっ」

「えっ」

訪れる沈黙。

いや待て。そういえば入学直後、なんとなく文芸部に見学に行った気がする。その時言われるがままに名前を書いたが、あれって入部届だったのか。

「あー。そう言うんなら、そうかもしんない」

小鞠知花は、ふはっと息を吐くと猛然とスマホの画面を叩き始めた。打ち終わるなり、俺に画面を突き出す。

『生徒会から名前だけで活動していない部員がいるって警告があったんです。うち人数ギリギリだから』

それが俺か。小鞠の指が再び画面の上を激しく滑る。

『とにかく今日の放課後来てください』

「あ、ああ分かった。顔出すよ」

思い出した。文芸部、部長の他は見学者も含めて女子ばっかりだったんで、居づらくて行かなくなったんだっけ。

立ち去る小鞠の後ろ姿を見送りながら、文芸部を切った自分の判断は誤ってなかったことを確信した。

……なにしろ、部を代表して来たのがあいつなんだぞ。

すでに帰りたい。

放課後、物静かな西校舎一階の奥。滅多に訪れない一角に、俺の姿はあった。

「文芸部の部室は……ここか」

俺は憂鬱に部室の扉を眺める。正直全く気は進まないが、人数ギリギリとか言われるとちょっと弱い。少数派の辛さは俺も分かる。

深呼吸を一つ、思い切ってドアノブを回す。

「あれ、閉まってる」

呼ばれて来たのに閉まってるってことは、帰っていいってことだよね？

ほっとして踵を返した俺の眼前にスマホの画面。

『ねえ、開けるからどいて』

そこにいたのは小鞠知花。俺をグイと押しのけて鍵を開ける。いや、そこは口に出そうぜ。

後に続いて部屋に入る。小鞠は真っすぐ椅子に座ると、俺に構わず文庫本を開いた。

不愛想キャラといったところだが、これじゃただ不愛想なだけだしイマイチ過ぎる。キャラ人気出ないぞ。

俺は小鞠から離れたパイプ椅子に座ると、文芸部の部室を見回す。壁の一面は天井まで本棚になっていて、隙間なく本が詰まっている。

最初に来た時は緊張して見ていなかったが、ハードカバーの古びた全集の他、特徴的な青い背表紙も並んでいる。嬉しい誤算。ラノベの蔵書も多そうだ。

「ねえ、小鞠さん。ここの本って――」

「えっ。あ、あっ、あの」

小鞠はワタワタとスマホを取り出そうとする。

……なんか気の毒になってきた。

「いや、大丈夫。そのまま本を読んでてくれ」

それにしても息が詰まる。俺は手持ち無沙汰に本棚から太宰の文庫本を手に取った。

これなら有名どころは読んだことがある。そういや太宰ってやたらモテるよな。畜生、川にでも落ちればいいのに。

俺は何気なく本をめくる。

……へえ、最近は今風の挿絵が付くんだな。これ、なんの場面だろう。

良く分からんが『甘美なお仕置きの時間』らしい。えーと、拓哉の猛り狂う蜜棒が春太の生熟れの花弁に――

ん？　なんだこれ。中身、本当に太宰なのか。

カバーを外そうとすると素早く本が奪い去られた。小鞠が真っ青な顔で本を胸に抱きしめている。

「だっ、だだだ、駄目（だめ）！　これ男子、よっ、読むの禁止！」

「だって太宰治だろ？」

「そ、そう！　だから、だ、め！」

なんでだ。わけ分からんぞ。

「お、さっそく仲良くやってるねー」

言いながら部屋に入ってきたのは長い髪を後ろで二つに縛った眼鏡の女生徒。大人っぽい美人さんだ。

小鞠は眼鏡さんの後ろに隠れると恨めし気（げ）に俺を睨（にら）みつける。

「あら、そうでもなかったか」

眼鏡さんは小鞠の頭を撫でながら、俺に微笑みかける。

「温水君だよね。お久しぶり」

彼女の柔らかな表情に俺もつられて笑顔になる。良かった。ようやくまともな人が現れた。

「あ、どうもすいません。すっかり幽霊部員で」

「来てくれるだけで助かるよ。覚えてるかな。私は副部長の月之木古都。3年生」

「あ、はい。もちろんです」

もちろん嘘です。

月之木先輩は小鞠の持つ文庫本を見て、納得したように頷いた。

「ああ、言ってなかったか。本棚の太宰と三島は男子禁制だから」

「三島由紀夫と太宰治が、ですか?」

ふと口にした瞬間、月之木先輩の眼鏡が怪しく光った。

思わず後ずさろうとした俺の肩を両手でガッチリ摑んでくる。

「……違う。太宰が先。太宰治と三島由紀夫。私、リバは認めない。これ大事」

先輩、目が怖い。恐々うなずくと先輩は笑顔に戻った。

「分かってくれて嬉しいぞ。さ、座って。お茶でも淹れようか」

えー、なんなんだ。この文芸部、まともな人はいないのか。

すっかり怯えて椅子の上でカバンの金具を見つめていると、小鞠が俺の肩をトントン叩く。

顔を上げるとスマホの画面。

『ぜーったい違う。三島が先。三島、太宰の順が正しい』

どっちでもいいから俺を巻き込むな。

「温水君、いつもどんな本を読んでるの？」

お茶を差し出しながら月之木先輩が尋ねてくる。

「えーと、最近はラノベばっかりで」

「へえ、そうなんだ。ここにも結構ラノベあるから好きに借りてっていいよ」

え、それは助かる。誰のせいとは言わないが、大人買いの計画が流れたのだ。

「あ、そういえば他の部員ってどんな方がいるんですか？」

「まず部長がいるね。4月に来た時、君に説明した3年生だよ」

何となく覚えている。人懐っこい感じの背の高いイケメンだった気が。

……あれ。月之木先輩、落ち着いてお茶を飲み始めたぞ。

「やっぱ暑い季節には、あえて熱い煎茶よねー」

「あの、他には？」

「以上」

言うと湯呑みをトンと机に置く。何故ドヤ顔。

「最近、生徒会に目を付けられててね。君には当分文芸部に入り浸ってもらうよ。お茶も飲んでいい」

本棚にずらりと並ぶラノベの背表紙。ふむ、これは悪くない。

「はあ、まあそういうことなら」

月之木先輩はにこりと微笑むとソワソワしながら立ち上がる。

「それじゃ私行くから。小鞠ちゃん、この部のことを色々と教えてあげて」

「うえっ!?」

いつの間にか本を読みふけっていた小鞠が素っ頓狂な声を上げる。

「慎太郎の奴が日直忘れてて居残りみたいでさ。加勢に行ってやんないと」

なんだ、彼氏いるのか。高校って奴はどいつもこいつも色気づいてやがる。

恋愛は中学では選択科目、高校では必修科目とか言ってたのは誰だっけ。ともかく俺は落第確実だ。

「ああ、それと。本棚の太宰と三島は絶対に触っちゃ駄目だぞ。大事なことだから二回言った」

ひらひらと手を振って出て行く月之木先輩。

ホッとしたのもつかの間、小鞠が俺の顔にグイグイとスマホを押し付けてくる。

『三島、太宰の順番！　くれぐれも間違えないで』

揃って必修科目を落第しそうな女がここにいた。

「それは分かったから。この部のこと教えてくれないか」

「え、えええ……」

露骨に嫌そうな顔をする小鞠。

「仕方ないだろ。副部長、彼氏のところ行っちゃったし」

「かか、か、彼氏違う！　し、慎太郎は部長！　玉木慎太郎！　ふ、二人はただの幼馴染！」

こいつ、なんかやけに突っかかってくるな。

更に何か言いたいのか、スマホを触ろうとした小鞠は小さく悲鳴を上げる。

「バ、バッテリー！」

慌ててカバンを探り出す。待て、それ俺のカバンだ。ちょっと落ち着け。

コンコン。ノックの音。ああもうなんだこの忙しい時に。

「あの……生徒会の志喜屋だけど。今、いいかな」

「えーと、今ちょっと――」

部屋に入ってきた生徒の姿に俺は目を奪われた。

ウェーブがかった白茶色の髪には花飾り。手首のシュシュと派手なデコネイル。ルーズに着崩した制服に短いスカート。

メイクは一見ナチュラルっぽいが、睫毛はきっちり盛っている。つーか白色のカラコン怖い。

これは……ギャルだ。俺とは縁のない人種が今ここに居る。志喜屋と名乗るギャルは部室を見回すと俺に近付いてくる。

俺はごくりとつばを飲み込んだ。

何の用かは分からないが、何しろギャルだ。きっと俺を口汚く罵るに違いない。正直、胸の高鳴りを抑えきれない。

「文芸部の……温水君、だよね……」

あれ、なんだこのテンションの低さ。ギャルなのに。

「あ、はい……。自分が温水です……」

なんか俺までテンションが低くなった。決してがっかりしているわけではない。

「ごめんね……。なんか活動内容の調査……しないと。文芸部……いつもどんな……活動をしてるのかな……？」

志喜屋さんは余程疲れているのか、壁にグッタリ寄りかかる。ちょっと大丈夫か。

「あの、俺、活動の内容は良く知らなくて」

「え……君……本当に部員なんだよね……？」

白い瞳が俺をじろりと見つめてくる。あ、やばい。なんか俺のせいで廃部の危機なんだっけ。

助けを求めて小鞠を見ると、ギャルの登場に怯えているのか。バッテリー切れのスマホを握りしめ、部屋の隅で震えている。うわ、こいつ役に立たない。

「その、文芸部だから本を読んだり……」

「読む……だけ？」

志喜屋さんはゆっくりと首を傾げた。え、それだけじゃ駄目なのか。

「部活動……して……ない……？」

ユラリと身体を揺らしながら近付いてくる志喜屋さん。この人怖い。完全に歩く屍系女子だ。

「だから、その、なんか書いたりもしてます！」

「書く、のか……。そうか……読むだけでは……ない……？」

しばらく天井を見上げていた志喜屋さんは、手元を見ずにノートに何かを書き付ける。

「分かった……。ありがと……」

ノートを閉じ、クルリと反転して部屋を出て行く志喜屋さん。

いや、マジに怖かったんだが。

見れば小鞠はスマホの暗い画面を取り付かれたようにつついている。こっちも怖いぞ。

俺は床にぶちまけられた荷物の中から充電コードを拾うと小鞠に差し出した。

「あ、あっ、そ、それ貸して！」

俺の手からコードをむしり取る小鞠。震える手でプラグをコンセントに差し込む彼女を見ながら、俺はあることに気付いた。

俺って結構まともな方である、と。

◇

その日の晩、俺は自室の勉強机でノートの計画表を書き直していた。部室に並んだラノベの数々を元に、八奈見のせいで変更したラノベの購入計画を修正するのだ。

椅子の背もたれに身体を預け、頭の中で財布の中身と来週の昼飯代を計算する。

当分は昼飯代が浮くとして、それを原資に新刊を押さえながら未読のシリーズを揃えていこう。

「まずはアニメでハマった『接近戦に強いお姉さんは好きですか?』を揃えつつ――」

そろそろ『つるぺた先輩』に手を出すか。コミカライズも含めて本棚は一段空けている。

計画表に書き込む俺の手を、小さな白い手が押さえ込んだ。

「『君は無邪気な闇の女王』は外せません。まずは佳樹の推しキャラが闇落ちする5巻まで一気買いを」

「佳樹、なんで俺の部屋に」

「お兄様が知らないだけで、大抵います」

物騒なことを言うのは妹の佳樹。俺より二つ下で、兄の贔屓目で見ても可愛い部類だ。おまけに最近生徒会に入ったと聞いたし、同じ血を引いているのにどうしてこうも違うのか。

「でも俺はつるぺた先輩を揃えようかと」

「あれは面白いけど、えっちぃから駄目です。お兄様には目の毒です」

「何で知ってんだ」

「友達から借りました。えっちぃでした」

ずるい。俺にも貸してよ。

文句を言おうとする俺の口にクッキーが押し込まれる。美味い。

続いてアイスティーのストローが口に差し込まれる。介護か。

「いや、自分で飲めるから」

「お兄様、学校でお友達はできました？」

グイと身を乗り出してくる佳樹。

「え、いや、まだ……」

「佳樹は心配しているのです。お兄様はもう高校生。友達がいなくて許されるのは義務教育までです」

俺は許されていないのか。

「たとえば今日、先生を除いて何人と話をしました？」

えーと、何人だっけ。八奈見、小鞠、副部長の月之木先輩、生徒会の志喜屋さん。

「四人、かな」

「……四人？」

大きな瞳を丸くして驚く佳樹。そうだ、お兄ちゃんだって、本気を出せばこのくらい――

「お兄様。友達がいないのは決して恥ずかしいことではありません」

「でも許されないんだよね」

「ただ、最愛の妹に嘘をつくなんて。佳樹は悲しいです」

「はい？　嘘をついたわけじゃ」

俺のコミュ力、こんなに信用ないのか。

佳樹は涙を浮かべつつ、クッキーを続けざまに俺に食べさせる。

「そして嘘をつくほどお兄様を追い込んだ自分自身を悲しく思います」

「いや、だから自分で食べられるって」

「安心してください、お兄様。佳樹が必ずお兄様に友達を作ってさしあげます」

涙をぬぐいつつ、俺の頭を抱きしめてくる佳樹。暑い。

温水佳樹。ブラコンなのか心配性なのか。とにかく俺をやたら構いたがる。

しかし、友達がいないというのはそれほど悪いことなのか。日頃、別に不自由は感じていないし。

まあ、時間割の変更を誰も教えてくれずに授業に遅れたり、連絡網が何の悪気もなくスルーされたりと細かいことはあるが。

俺は厄介なことになったなあと嘆息しつつ、アイスティーを啜った。

《本日の貸付金残高：3，617円》

◇

翌日の昼休み。非常階段に弁当を受け取りに来た俺に、八奈見(やなみ)は開口一番こう言った。

「ひどくない？」

なんで俺、早々に絡まれているのか。

「ひどいって、なにが？」

「君のことだよ。昨日私、助けてって言ったよね。カラオケでひどい目にあったんだからね」

そしてなぜ、俺は階段に八奈見と並んで座っているのか。正直、一人になりたいのだが。

「一体俺にどうしろと」

「女の子はね、共感して欲しい生き物なの。アナ雪のデュエット聞かされた私の気持ちも汲んでよ」

アナ雪か。えーと確か。

「君の一ままでー、とかいうやつだっけ」

あれ、何か違う。

「違うよ。アナと王子様がデュエットする方。ラストの掛け合いなんて、聞いてるこっちは地獄だったんだよ」

ああ、あれか。王子のセリフが確か、

「結婚してくれ！　だな」

「アナが、もちろん！　って答えるの。ああああ」

言って頭を抱える八奈見（やなみ）。なぜわざわざ地獄の釜の蓋を開くのか。

「やっぱりあの女は私の心を折りに来てるのよ。氷のように冷たい魔女……」

「ま、まあ付き合い始めなんてそんなもんだって。それより、俺の弁当は？」

実のところ、いざ受け取る段になると心のワクワクを否定できない。クラスメイトの女子にお弁当を作ってもらうって、なんだか特別な気が――

「……はい、どうぞ」

差し出された弁当箱はカラフルな紙製だ。鳥モモ肉９８円の文字からすると、チラシを折って作っている。婆ちゃんちで見たな、これ。

「えーと、これは一体」

「今朝ね、私のお弁当と一緒に温水（ぬくみず）君の分も作ろうとしたの」

「なるほど。それがなんでこんなことに」

「お弁当箱二つ用意してたらね、お母さんが『きっと草介（そうすけ）君喜んでくれるよ』って……」

……止（や）めて。切ないから、お母さんとかのワード出さないで。

黙って弁当箱を開けると、中にはビニールに包まれたサンドイッチが入っている。

「これ、コンビニの奴だよね」

「君は私の話聞いてたのかな？　だから二人分のお弁当用意できなかったんだよ」

これで手作り弁当と呼べるのか。確かに外側は手作りだが。

「温水君、これいくらになるかな」

「えーと、２６８円」

「安っ」

だってそう書いてあるし。八奈見は自分の弁当箱から卵焼きを一切れ入れてきた。

「……じゃあ、３００円」

それを聞いて更に唐揚げを入れてこようとする八奈見から弁当箱を遠ざける。

「それよりさ、少し二人と距離を置いてもいいんじゃないか？　八奈見さん、友達たくさんいるだろ」

タケノコ剝ぎという単語が頭をよぎる中、俺は卵焼きを口に放り込む。ちょっと焦げてるけど、割と旨い。八奈見家は卵焼きは甘い派のようだ。

「……教室でね、凄く気を使われてるの」

八奈見は物憂げに卵焼きをバラし始めた。

「ほら、華恋ちゃんが転校してくるまで、草介と私いつも一緒にいたよね。あれ、八奈見振られた？　みたいな空気が」

「えーと、なんと言って良いか」

言いよどむ俺の弁当箱に唐揚げが転がり込む。

「唐揚げ付きでいくらになったかな？」

「……350円」

こいつ。心配した俺が馬鹿みたいだ。

「そういえば温水（ぬくみず）君。昨日は放課後どこ行ってたの？　下駄箱とは違う方に向かってるのを見たよ」

「よく見てるね」

「だっていつも一人で下駄箱直行してるから目立つし」

……なんだろう。こいつの言葉にはいちいち棘（とげ）がある。

とはいえ俺も帰宅部からは卒業だ。微妙にドヤ顔をしてサンドイッチにかじりつく。

「なんか俺、文芸部に入ってたみたいで。しばらく出入りすることになりそうだ」

「へえ。温水君、そういうの興味あるんだね」

タコさんウインナーをモチャモチャ食べながら八奈見（やなみ）。

「じゃあ、私も見学行こうかな。一緒に行ってもいい？」

「そりゃ構わないけど。八奈見さん、興味あるの？」

「うん。私、花とか好きだよ」

「……それ、園芸部。俺が入ってるの文芸部だから」

こいつが振られた理由が分からんでもない。顔にご飯粒ついてるし。

今日の授業も終わった。

早速教室を出たいところだが、クラスの『観察者』として一つアドバイスだ。

——ここは『待ち』の一手である。ホームルーム終了直後の学校には危険が多い。

まずは教室の出入り口を見て欲しい。そこには放課後の仲間外れにならないよう、クラスメイトの動向を見張る連中が陣取っているのだ。こいつらはまず、背景役でもある俺が近付いても道を開けない。

……そう、背景を覗くとき背景もまたこちらを見つめているのだ。あっち側に居たければ、背景の存在を認めてはいけない。

俺はノロノロと机の上を片付けながら、横目で人の流れを探る。

そろそろ出入り口の人が減ってきた。

しかし油断はならない。さっきまでここに居た連中は下駄箱に河岸（かし）を変えているのだ。待ち合わせる者、名残を惜しむ者でひしめき合っている。

最悪なのは俺の下駄箱の前で立ち話をされることだ。下駄箱の場所を忘れたふりをして探し回るのも7月にもなると無理がある。

……あれ。俺、今日は帰っちゃダメなんだっけ。当分の間は文芸部に行かねば――

と、ふらりと教室に入ってきた男が真っすぐ俺の席に向かってきた。

「なあ、温水。文芸部入ったんだって？」

「え……」

俺に声を掛けてきたのはD組の綾野光希だ。同じ中学出身で、友人――というわけではなく、塾が一緒だったのでたまに声を掛けてくるだけの間柄だ。

ちなみに塾が同じだっただけで、成績はこいつの方がかなり上だ。眼鏡もかけてるし。

「えっと、ああ。一応、そんなところ」

「そこ、安部公房の全集があるって先生に聞いてさ。今度借りに行っていいかな」

ふうん、そんなのあるんだ。ラノベのラインナップしか確認してなかったぞ。

「えーと、いいんじゃないかな。先輩に頼んでみる」

「悪い、恩に着るぜ」

憎めない笑顔で俺の肩を叩くと、綾野はその場を去ろうとする。

その時、小麦色の影が視界に入り込んできた。

現れたのは焼塩檸檬。机の上にこんがり焼けた腕が乗ってくる。

「光希！　ちょっと待って」

焼塩が綾野に向かって身を乗り出すと、８×４と汗の混じった匂いがふんわり香る。

……近い。そして邪魔い。

「あたし、今日は部活休みなんだけどさ、一緒になんか食べてかない？」

「悪い。今日は塾の日でさ」

綾野は軽く手を合わせて、ゴメンのポーズをする。

「えー、まだ1年じゃん。勉強ばっかりしてると馬鹿になっちゃうよ」

「お前はもう少し勉強しろって。留年するぞ」

……こいつら、俺の机でなにイチャついてやがんだ。

「光希さん。そろそろ行かないと塾に遅れちゃいますよー」

教室の入り口からスラリとした女生徒がひょっこり顔を出す。

あれ。確かあの子、塾で綾野とよく一緒にいた女子だ。可愛い上に成績もいいので塾では有名人だったが、同じ学校だったたんだ。

「ああ千早、今行くよ。じゃ、またな檸檬」

「え……うん、バイバイ……」

気落ちしたのを隠すでもなく、しょんぼり手を振る焼塩。

何だか面倒だから帰りたいんだが、焼塩が邪魔でカバンが取れない。

「あ、あの……焼塩さん……その……カバン……」

「ねえ。温水って光希と友達だったの？　クラス違ったよね」

焼塩は長い睫毛を不思議そうにパチパチさせながら、俺の顔を覗き込む。

——陸上部短距離のエース、焼塩檸檬。クラスでも相当目立つ女生徒だ。

短めの髪に包まれた小さな顔、スレンダーで引き締まった手足が、綺麗に日焼けして制服から伸びている。一瞬見惚れた俺は平静を装い口を開く。

「え……友達ってほどじゃ。塾が一緒だったから、たまに話す程度で」

突然目を輝かせる焼塩。

「塾一緒なんだ！　じゃあ、さっきの女子のこと知ってる?!」

興奮気味の焼塩の顔が至近距離に迫り、俺は流石にたじろぐ。

「えーと、朝雲さんだっけな。綾野と同じ特進コースで、成績も同じくらい良かったかと」

「そ、そうなんだ。光希のやつ、やっぱ頭のいい娘の方が好きなのかな……」

言って、二人の消えた先を不安気に見つめる。

うん？　焼塩の奴、もしかして。

「二人とも同じ特進コースだったから、ちょくちょく一緒にいたとは思うけど。普通に友達だと思うぞ」

「だよね！　二人ただの友達だよね！」

焼塩は青空のような笑顔を見せる。

まあ、受験が終わって以降のことは知らないが。

「あの、カバンを取りたいんだけど」

「あー、ごめんね温水。よし、景気付けにひとっ走りしてくるか！」

焼塩は言うなり、その場でストレッチを始める。日焼けした長い生足が目に眩しい。

テンション高めに出て行く彼女を見送ると、俺はカバンを手に立ち上がる。

俺が知らなかっただけで、周りには大小色々なドラマが流れている。多分、ずっと昔から。

……嗚呼、実に面倒くさい。せめて俺だけは波風立たない日々を送れないものか。

「話はお済みですか、モテモテ君」

もう一人、面倒くさい奴がいた。八奈見がカバンを手に俺の後ろに立っている。

「あれ、八奈見さん。どうしたの？」

焼塩の次は八奈見だ。学年でも上位の美女が俺の順番待ちとか、一体俺に何が起こっているのか。まさかまた金が足りないとかじゃあるまいな。

疑心暗鬼の俺に向かって、八奈見は無警戒な笑顔を向けてくる。

「これから部活に行くんでしょ？　約束したじゃん。私も見学に連れてって」

こいつ、本気だったのか。文芸部と八奈見杏菜——あまり想像がつかないが、本人が望んでいるのだ。

俺は無言で頷いた。

◇

部室に向かう廊下の途中、俺は八奈見に念を押す。

「八奈見さん、本当に良いの？　なんというか、地味な部だし合う合わないが」

昨日行っただけで伝わってくるアレな雰囲気。あそこにクラスの陽キャを連れて行ってもいいものか。

「大丈夫。昔、羊毛フェルトやってたんだよ。毛玉をチクチクするやつ」

「それ、手芸部。今から行くの文芸部だからな」

よし、こいつの心配はやめよう。俺は部室の扉を開ける。

「あ、どうもこんにちは」

「温水君、こんにちは」

月之木先輩が髪をかき上げ、本を見たまま手を上げる。

「ん……」

めんどくさそうに顔を上げた小鞠は、見知らぬ女生徒の姿にピタリと固まる。

「あの、彼女は見学希望で」

「おじゃまします。温水君と同じクラスの八奈見です」

「あら、いらっしゃい。お茶淹れるからどうぞ座って」

月之木先輩は眼鏡をクイッと直しながらすれ違いざまに俺を小突く。

「やるね温水君。こんな可愛い子、連れてくるなんて」

「は、はあ」

「ひょっとして、彼女？」

うわ、何言うんだこの人。

「あ、いや、あの違――」

「え、違いますよ。ただ同じクラスなだけです」

八奈見の反応は『無』だ。照れるでも嫌がるでもなく、今日の天気を聞かれたがごとく。

彼女は物珍し気に部室を見回す。

「この部、本が沢山ありますね。何をする部活なんですか？」

「「え」」

……なんか俺、先輩と小鞠にメッチャ見られてるぞ。しかも真顔で。

と、この微妙な空気を振り払うように、部室の扉が開いた。

「おー、今日は随分賑やかだな」

長身の男子が部室に入ってくる。多分、部長の玉木(たまき)先輩だろう。ともあれ正直、助かった。

「慎太郎(しんたろう)、部長が幽霊でどうするのさ」

月之木(つきのき)先輩は作ったしかめ面で睨(にら)みつけるが、緩む口元が隠し切れない。

「悪い悪い、最近受験勉強で忙しくてさ」

部長は先輩の肩に気安く手を置く。

「あんた勉強なんてしてないでしょ」

「してるしてる。あ、温水(ぬくみず)君久しぶり。それと、もう一人新入部員？」

「あ、初めまして。八奈見(やなみ)です。見学させてもらってます」

「どうぞ、ゆっくりしてってね」

部長は人好きのする笑顔を浮かべて俺たちの方に来たが、勢い良く立ち上がった小鞠(こまり)が意を決したように間に入る。

「あっ、あ、あの部長、こっ、こないだ借りた本、面白かったです！」

「もう読んだの？　嬉しいな。古都(こと)の奴、ＳＦ馬鹿にして読んでくれないからなあ」

言ってチラリと月之木先輩に目をやる部長。先輩は受けて立つとばかりに見つめ返す。

「馬鹿にしてるわけじゃないわ。慎太郎こそ、春樹とか嫌ってるじゃない」

「お前、ハルキストだったたっけ？」

「そういうわけじゃないけどさ。こないだ貸した宇佐美りんも読んでないでしょ」

「読んだ読んだ。推し、マジ燃えてたって」

んー、なんだこれ。やっぱ出来てないか、この二人。

呆れながら二人を眺めていると、小鞠が怖いもの知らずにも二人の会話に割り込む。

「あ、あのっ！　私、イーガン、好き、です！　中身、よ、良く分かんないけどっ」

「ホントか？　いやあ、やっぱ小鞠ちゃんは見る目があるなあ」

部長は笑顔で小鞠の頭をぐりぐり撫でる。

「ふぁっ！」

月之木先輩が部長の手をパチンと払う。

「こら、あんた。完全に#MeToo案件よ。小鞠ちゃん、嫌なら私からちゃんと言ってあげるから」

「わっ、私っ！」

小鞠は自分の大声に驚いたように顔を伏せ、

「あたまっ、い、嫌ってわけじゃ、ない、です……」

顔を真っ赤にしてそう呟いた。

「やっぱ小鞠ちゃん可愛いなー。古都も少しは見習えよ」

「もー、小鞠ちゃん。あんまり甘やかしちゃだめよ、こいつすぐ調子に乗るから」

部長はチラリと腕時計を見ると、慌てたような顔をする。

「俺、部長会議があるからそろそろ行くな。見学者が来たって自慢しないと」

「私も一緒に行くから。あんた途中で寝ちゃうでしょ」

「じゃあ古都に起こしてもらおっと」

「誰が起こすか。代わりに雑用係に推薦しとくわ」

イチャつきながら退室する二人。部長、ホントに何しに来たんだ。

「か、か、可愛いって。部長、言った、言って、くれた。……えへへ」

ニヤニヤしながら小鞠が独りごちている。喜んでいるところ悪いが、むしろ当て馬にされてたぞ。

八奈見は俺の肩を叩くと、グイと顔を寄せてきた。近いし、ちょっとなんかいい匂いがするんだけど。

「部長と副部長さんだっけ。あの二人、付き合ってるのかな」

「さあ。でも、それっぽい雰囲気だったけど」

耳ざとく聞きつけた小鞠がスマホを俺たちに突き付けてくる。

『あの二人は幼馴染で仲良いだけ！　付き合ったりしていない！』

八奈見の目がスッと細くなる。

「……幼馴染？」

『そう！　ただの幼馴染！』

小鞠は鼻息荒く言い捨てて——はいないが、それで気は済んだのか、盛大に音漏れするイヤホンを耳に差し本を読み始めた。なんというマイペース。

八奈見が椅子をがたがた言わせながらそばに来る。

「ね、なんでこの人スマホで喋ってるの？」

それは俺が知りたい。

「そういえば、温水君。部長さんたちって幼馴染なんだね」

「え？　ああ、そうみたいだな」

「……同じ幼馴染みなのにこの差はなんなのかな」

絞り出すような口調で呟く八奈見。

「えーと、八奈見さん。部長たちに罪はないからね？」

「ちょっと待って。ということは」

八奈見は何かに気付いたように顔を上げると、小鞠をじっと見つめる。

「……泥棒猫？」

低い声でポツリと呟く。小鞠は怯えたようにビクリと震える。

「い、いやいやいや、部長たち付き合ってるわけじゃないんだし。泥棒も何も」

「そういう話じゃないの。幼馴染がいるにもかかわらず出てくる女は全て泥棒猫なの。わっからないかなー？」

あれか。百合ものに男が乱入してくるようなものか。なるほど、それなら話は分かる。死すべし、だ。

「分かるけどさ。ここでそういった話はやめとこうって。小鞠さんもいるんだし」

「でも、音楽で私たちの話聞こえてないよ」

俺たちの視線を感じたのか、怯えたように背を丸める小鞠。ん、なんだろうこの違和感。

「ひょっとして……小鞠さん、音楽聞いてないんじゃないか」

「え、だってイヤホンして」

「イヤホンつけて、俺たちの会話が聞こえていないふりをしているのかも」

「最初、盛大に音漏れしてたのは？」

「今はしてないだろ。俺たちをだますためのフェイクだ」

本を読む小鞠の顔からダラダラ汗が流れだす。

彼女はイヤホンを外すと、俺を睨みつけながら何かを差し出す。

「温水、そ、そういえば。部室、合鍵」

「え、ありがと」

「わっ、わたわたわ、私、先帰るっ！」

足をもつれさせながら出て行く小鞠。

……あれだけ賑やかだった部室は一気に静まり返る。残された部外者と、ほぼ部外者。

さて、何をすればいいのだろうか。見学といってもこの部のことなんにも知らないぞ。

「とりあえずお茶でも淹れるから、見学者名簿に名前書いておいて」

「ありがと。あ、わたし緑茶で」

八奈見は名簿に名前を書くと、パラパラとページをめくる。

「へえ、結構見学者いるんだね。温水君の名前もあるよ。それと、さっきの子が小鞠さんだね」

早くも手持ち無沙汰になったのか、八奈見は本棚をぼんやりと眺めだす。色々と面倒なので太宰と三島には手を出すなよ。

「お茶置いとくよ」

「ありがと。ねえ、温水君」

八奈見はお茶を啜りながら俺を澄んだ瞳で見つめてくる。

「で、ここ何する部活なんだっけ」

◇

帰宅後、俺はリビングのソファに寝転がりながら感慨深く呟いた。

「まるで普通の高校生だ……」

推しキャラのスタンプ欲しさにインストールしたはいいが、未使用だった俺のＬＩＮＥ。月之木先輩からの『ようこそいらっしゃい』のメッセージをぼんやり眺める。

そう、文芸部のグループＬＩＮＥに参加したのだ。

俺の高校生活、これでピークでいいんじゃないか。後はシジミの様に慎ましく暮らそう。

そういえば綾野から本を貸して欲しいって言われてたな。よし、この勢いで初メッセをするとするか。

「安部公房の全集、１年の知り合いに貸してもいいですか……っと」

なんかキーボードを叩きながら口に出すおじさんの気持ちが分かった気がする。

さて、これで本当に返事が来るのか。既読スルーってのも聞くし、良く分かんないけど全員からブロックとかいうのをされていたらどうしよう。

心配する俺を尻目に月之木先輩から返事が来る。ああ、良かった。ブロックされていなかったぞ。


Tsukino-Mono『構わぬ。されど只では帰すな。猛烈に勧誘せよ』

無事許可が出た。……それはそうと先輩のアカウント名、どうにかならないか。

ソファでゴロゴロしていると、妹の佳樹がテーブルの向かいにちょこんと座ってきた。

「お兄様は素敵な人です」

いきなりそんなことを言い出す。

「はあ、どうも」

「いつも佳樹の話を笑顔で聞いてくれて、決して否定したりしません」

「毎回、割と突っ込みまくってるぞ」

そう、今みたいに。

「佳樹のわがままにも根気よく付き合ってくれて、決して嫌な顔をしません」

「わがままと自覚してるなら直そうな」

俺のツッコミにも負けず、佳樹はコホンと咳払い。

「だからお兄様。キャラ弁を作るのです」

そしてツッコミの遥か上空を超えて来た。

「えーと。どういうことなのか、もう少し詳しく」

「スマホで推しキャラを見ながらニヤニヤしているお兄様を、佳樹は心配しているのです」

なるほど。それでキャラ弁か。

「ごめん、さっぱり分からん」

「キャラ弁で皆の心を摑んで会話のきっかけとするのです。皆の好きな漫画やアニメの話で盛り上がりましょう」

「なんで漫画やアニメ限定なんだ」

「お兄様、その界隈（かいわい）の話題しかないじゃありませんか」

我が妹ながら失礼な奴だ。まあ、大体合ってるが。

「そもそもだ。キャラ弁を作ったって、見せる相手がいないだろ」

「いくらお兄様に友達がいないにせよ、一人でご飯を食べるわけではないでしょう？」

「え。いや、普通に一人で食うけど」

「え、そんな」

佳樹（かじゅ）は信じられないとばかりに目を見開き口元を押さえる。

「だって、一緒に食べようって声を掛ければいいだけではないですか！」

それができればボッチになんてなってないぞ。

「お兄様、佳樹も学校に行きましょうか？　一緒にご飯を食べてくれるように周りに頼んでみますから」

「いやいや、中学生の妹にそんなんされる兄の立場を考えてくれ」

「じゃあやはりキャラ弁ですね。試作品があるので見てください」

もうあるのか。佳樹はどこからか弁当箱を取り出す。

「やはり初回は自己紹介も兼ねてお兄様の似顔絵を」

え、ちょっとちょっと。やめて怖い。

しかも絵柄は劇画調。もはやキャラ弁というより海苔アートだ。

「黒ゴマでお兄様のプロフィールも書き込みました。クラスの皆さんにもお兄様の魅力が伝わりますよ」

クラスメイト、俺の身長体重はもちろん初恋の人にも興味はないだろ。

「しかも何で初恋の人が佳樹になってんだ」

「え、だってお兄様。佳樹が物心ついた頃から、可愛いって言ってくれてましたわ」

いやそれは妹としてだぞ。

「そもそも弁当いらないってば。しばらく弁当を作ってもらうことになってるし」

「……弁当を？　え？　え？」

脳が理解を拒むのか、フリーズする佳樹。

「おい、佳樹？」

「お兄様！　友達もいないのに、お付き合いをしている女性がいらっしゃるのですかっ？　佳樹に断りもなくっ?!」

「いやいや、いないいない！　友達もいないのに彼女とか！」

「ですよね。友達すらいないお兄様に彼女なんて」

なんで俺は実の妹に友達いないと連呼されているのか。

「そちらの業界ではエア彼女という文化があると聞き及んでいます。しかしエア弁当はノンカロリーなので補食が必要になるかと」

「お前は俺をなんだと思ってるんだ。本物の食べ物だから心配するな」

なにしろ中身はコンビニで売ってるし。

「でも普通、友達でも彼女でもない人がお弁当なんて作ってこないでしょう?」

「そこはちゃんとお金も払ってるし」

「ああ、業者さんですか」

佳樹(かじゅ)は納得したようにポンと手を叩く。

「弁当オプションという奴ですね、友達から聞いたことあります」

「お前、友達は選ぼうな」

ふと視線を向けるとキャラ弁の俺と目が合った。

……お互い、苦労するよな。

《本日の貸付金残高：3，267円》

翌日の水曜日。八奈見(やなみ)はこの日の昼休みも約束通り非常階段に現れた。どうやら弁当で借金返済をするというのは本気らしい。

階段に敷いたハンカチに座り、彼女でも友達でもない女子は俺の隣で大きく溜息をついた。

「今日も二人に誘われてるの。放課後、華恋ちゃんの家で一緒に勉強しないかって」

「断ればいいじゃん」

俺の至極もっともな意見に、八奈見は表情で抗議の意を示す。

「だって私が行かなかったら、二人きりよ⁈」

「二人付き合ってるんだし、もう諦めようって」

弁当を受け取るだけのはずが、またなんかおかしなことになっている。

「……やっぱり華恋ちゃんは徹底的に私を潰しに来てるんだ。きっと私が草介をいやらしい目で見てるのに気付いたんだよ」

八奈見よ。そーゆーことは心にしまっておけ。

「だからそうやって悪い方に考えるのはやめよう。単に二人きりだとまだ気まずいから、八奈見さんにいて欲しいんじゃないか」

「……つまり私は草介を家に連れ込むダシってわけだね」

あれ、俺なんかまずいこと言ったか。

「いや、それは考え過ぎじゃ……」

「そうやって家に上げる心理的ハードルを下げていって、最後には――」

八奈見は俺を見つめると、

「……今日は杏菜（あんな）ちゃん急に来れなくなっちゃって」

突然声音を変えてそんなことを言いだした。

「はい？」

こいつ、また変なこと言い出した。

「シミュレートだよ。華恋（かれん）ちゃんと草介（そうすけ）が二人になった場合を想定して」

「はあ」

それ、俺を巻き込まずに勝手にやってくれないかな。

「もう一度最初からいくよ。今日は杏菜ちゃん急に来れなくなっちゃって。はい、温水（ぬくみず）君。草介役やって、早く！」

「えーと。……そうなのか。じゃあ二人きり、だな」

なんだこの茶番。

「……もし、だよ。わざと彼女に声を掛けなかったんだとしたら、どうする？」

八奈見（やなみ）は軽く目を伏せながら、俺に身体（からだ）を寄せてくる。

思い出せ。俺の読んできたラブコメ主人公なら、ここで何と答える？

「もし俺も知ってて来たんだとしたら、お前はどうする？」

「草介……」

「華恋……」

見つめ合う一瞬の沈黙。八奈見はパッと身体を離すと、膝を大きく叩いた。

「やっぱりそうだ！　あの女は草介の身体目当てなんだ……」

大概お前の妄想だからな。

「そんなことより、俺の弁当は？」

「……温水君、そーゆーところじゃないかな。友達いないの」

大きなお世話だ。

八奈見はアルミ製の弁当箱を取り出す。あれ、弁当箱一個だけだぞ。

「ちょっと蓋持ってて」

蓋を俺に持たせると、八奈見はご飯に箸を突き刺す。

「なにやってるんだ？」

「昨日も言ったでしょ。弁当箱は一つしか使えないから」

腕をプルプルさせながら米の塊を持ち上げると、弁当の蓋にボトンと落とす。

重っ。よく見ると米粒が潰れて餅みたいになってるぞ。

「だから一つの弁当箱に二人分を力一杯詰め込んでみたの。はい、次はおかずだよ」

塊が落ちてくること二回、炒め物も煮物も弁当箱の形にカチコチに固まっていて食欲をそそらないこと甚だしい。

「じゃ、いただきます」

「……あ、はい。いただきます」

さて、八奈見渾身の米塊をどう食うか。割り箸が通用しないことに絶望しつつ、染み出してくる煮物の汁でほぐしながら食べ進める。

「ねえ、美味しい？」

え、この状況を見て味とか聞くか。

「これ、おかずも八奈見さんが作ったのか？」

「もちろん。頑張ったんだからねー。いくらになるかな？」

へーえ、そうなんだ。良かった、八奈見がこの料理で育ったんじゃなくて。

あ、炒め物の塊の中から冷凍のコロッケが出てきた。

「えーと、じゃあ４００円」

「よし、中々ね」

ご機嫌で米の塊をかじる八奈見。言っとくがこの金額、割と甘めの査定だからな。それとこの弁当、量多いな……

「この調子なら夏休み前に払い終わるかなー」

そうか、立て替えたお金を払い終えたら昼食会も終わり。ま、期間限定だと思えばこんなのも悪くないかも。もちろん、きっちり返してもらうけど。

「ねえ、ちょっと上行ってみない？　四階の踊り場からグラウンド見えるんだよ」

弁当を食べ終わった頃。空になった弁当箱をしまいながら八奈見は立ち上がる。特に断る理由もない。

雲一つない7月の晴天の下、グラウンドでは陸上部が練習中だ。

「あ、あそこにいるの檸檬（れもん）ちゃんじゃない？」

手すりに身体（からだ）を預けながら、八奈見が手を伸ばす。

遠目にも分かる日焼け姿は焼塩（やきしお）檸檬だ。スタートと同時、あっという間に後続を引き離していく。

「檸檬ちゃん、やっぱ速いねー」

５０分の昼休みに、飯食って着替えて練習して着替えて。俺にはとても真似できない。

嫌味とかそんなんじゃなくて、なにか手の届かない眩（まぶ）しいモノを見る不思議な気分だ。

「市の新人戦の１００ｍで優勝したんだよな。高総体でも県予選で入賞したみたいだし」

「へえ、良く知ってるね」

掲示物の読み込みに関しては任せてくれ。

「凄いなー、檸檬ちゃん」

何気ない一言。だから何気なく返そうとしたありふれた言葉を、俺は飲み込んだ。

八奈見の瞳に涙が一杯に溜まっている。

こぼれた雫（しずく）がキラキラと輝きながら風に散らされていく。

あどけなさを残す八奈見（やなみ）の横顔。つい最近まで言葉を交わしたこともなかった彼女が、俺の横でこうして涙を見せている。現実感が俺の指の間からすり抜けていく。

「あの、八奈見さん。大丈夫？」

「私、振られたんだなー」

何を今更。

「ねえ。何を今更って思ってるでしょ」

「え、なんで分かった」

人の心を勝手に読むのは良くない。

「なんていうか、身体（からだ）に染みてきたの」

「染みる……？」

「檸檬（れもん）ちゃん、走ってるなーって思って見てたら。私、振られたんだなーって」

睫毛（まつげ）に溜まった涙がキラキラと光をはじく。

「振られたって、頭じゃ分かってたんだよ。でもね、身体が分かってなかったんだろーね」

焼塩（やきしお）が今度は男子に混じって二本目を走りだす。俺たちが見守る中、最後は背の高い男子に一気に抜き去られた。

「温水（ぬくみず）君も一回こっぴどく振られてみると分かるんじゃないかな」

「そんなもんかね」

「振られたってなんにも変わらないし、すっきりもしないいんだよ」

そう言って、八奈見は大きく伸びをする。

「でもね、無理矢理周りが進んじゃうから、こっちも進むしかなくなっちゃうの」

ゲームで言うところの強制イベントみたいなものか。

「俺、振られたことないから良く分からないな」

「お、モテ台詞だね」

俺の渾身の自虐ギャグに八奈見はふにゃりとした笑顔で返してきた。

ラノベの主人公ならこんな時、気の利いた一言でハートを射止めるんだろうけど。俺にしてはこれでも上出来だ。

負けヒロインにも平等に時は進む。恋人たちが思い出を刻んでいる間にも、彼女の日常は続いていく。

二人で何を話すでもなく。風に吹かれながらぼんやりと、走る生徒達を眺め続けた。

《本日の貸付金残高：２，８６７円》

Intermission　いいえ、お腹が空いても神様みたいないい子でした

炊飯器の予約ボタンを押すと暗い台所に電子音が響いた。パジャマ姿の八奈見杏菜は欠伸をしながら冷蔵庫を覗く。

「んー、卵くらいしかないなあ……」

野菜室を開けると、黄色く萎びた小松菜と使いかけのハムのパックが転がっている。冷凍庫はといえば冷凍パスタとガリガリ君が詰まっているばかり。底まで漁るとようやく口の開いたミックスベジタブルが見つかった。

「これで何が作れるかな……」

卵にハムとミックスベジタブル、黄色い小松菜。

ガリガリ君を食べながら、テーブルに並べた戦利品を眺める。

さて、明日の弁当はどうしよう。料理が得意とまでは言わないが、あの男の反応はどうにも気に入らない。

「まるで私の弁当が駄目って言ってるようなもんじゃない……」

ふと思い立ち、食器棚の扉を開けていく。いつからあるのか、贈答品の缶詰が雑に積まれている。一番奥から埃の被った缶を取り出した。

ラベルに書かれているのは、『帝王ホテル監修　秘伝のホワイトソース』。

うん、いいぞ。なんだか凄そうだ。これであいつも私の料理を認めざるをえまい。

にやにやしながらラベルを読んでいると、端に刻印された賞味期限に気付いた。

今年、何年だっけ。えーと確か、令和元年が２０１９年だから――

八奈見はそれ以上考えるのを止めると、缶をテーブルに置いた。

確か缶詰ってナポレオンが最初に作ったとか食べたとか聞いたことがある。そんな昔の人が食べてたんだし、賞味期限の一年や二年、誤差みたいなものだろう。

八奈見は脳内の謎理論に納得すると、前歯でガリガリ君に大きくかじりついた。そして、

（……にゅあああっ！）

一人、暗い台所でうずくまった。

八奈見杏菜、知覚過敏の１５歳。夏の夜、そんな感じで更けていく。

～2敗目～　約束された敗北を君に　焼塩檸檬

降りしきる蝉時雨。

翌日の2限目は炎天下での体育だ。授業を終えて最後のハードルを体育倉庫に押し込むと、俺は流れる汗をぬぐう。

前々から思っていたのだが、日付と同じ出席番号の生徒が片付けってルールは30番台が有利過ぎないか。

「納得いかねー」

俺は文句を言いながら、手の土埃を払う。

さあ、早く戻って着替えないと。皆が着替え終わった後、一人でモソモソとパンツを晒すのは実にいたたまれない――

ガララ。体育倉庫の扉が閉まる音。周囲が薄暗い闇に包まれる。

……あれ、閉じ込められた？　イジメ？　イジメなの？

俺は慌てて振り向く。

薄暗い倉庫の中、照れたような表情で立っているのは焼塩檸檬。汗で張り付いた体操服越し、引き締まった身体のラインが良く分かる。

「……焼塩さん？」

アニメで見たような光景に俺は思わず息を呑む。

伏し目がちな瞳、頬に貼り付いた髪を払いながら、焼塩が俺に一歩足を踏み出す。

「ね、温水。ちょっと話があるんだけど」

「はあ」

普通なら色っぽい展開の一つも期待するところだが、あいにくと俺はそんなにウブではない。

ラブコメ的に言えば俺と焼塩の間には体育倉庫イベを起こすためのエピソードが不足している。

「ねえ、例の話どうなったのさ」

「え、なんの話だ」

つまり、このイベントはラブ系ではなく――勘違いからくる俺一人のドギマギ系だ。それが分かれば動揺することはない。

「だからー、光希が文芸部に本借りに来るって話。もう取りに来た？」

ああ、その話か。まだだし、綾野に貸すとすら言ってない。

焼塩は手を後ろで組み、はにかみながら爪先で床をトントン。

「よ、良ければ……あたしからあいつに届けてあげてもいいんだけど」

「全集だし、いっぺんには無理だな。直接借りに来てもらった方が――」

何か言いたげにモジモジしている焼塩(やきしお)の姿に、流石(さすが)の俺もピンとくる。

「じゃあ、焼塩さんから伝えといてくれ。許可もらったから、いつでも取りに来ていいって」

「よーし、任せて！　あたしが責任をもって伝えておく！」

薄暗い体育倉庫。焼塩の太陽のような笑顔が輝く。

差し込む光に反射する埃(ほこり)が、この時ばかりは彼女を彩るきらめきに見える。

「じゃあさ、今日の放課後にでも取り行くように言っとくよ！」

「ちょっと待って、例えばだけど」

「なに？」

笑顔で首を傾(かし)げる焼塩。

こいつとは同じ中学の縁もある。ここは少しばかり世話を焼いてやろう。

「たまたま焼塩さんが部活が休みの日に、あいつに取りに来てもらうのはどうかな」

そう。なんやかや上手いこと言って、同伴で部室に来れば良いのだ。流れによっては、部室を2時間ほど貸し出して——

「あたしの部活？　どうして」

焼塩は丸い目をくるりと回し、不思議そうな顔をする。

「えっと。たまたまその日に焼塩さんが文芸部に見学に来ても、構わないんじゃないかな」

ここまで言えば流石に分かるだろ。

「見学……あたし……が？」

え、おい。分かるよな？

「つまりさ。綾野にこの件を伝えちゃったら、そこで用事が終わるだろ。焼塩さんが部活がない日なら一緒に来ることもできるし、上手く誘えなくても、その日は見学に来ておけば部室で会えるし」

丸い目を更に丸くして、焼塩は手をポンと叩く。

「へえ、なるほど。温水って頭いいじゃん」

焼塩は明るい笑顔に変わると、俺の肩をバシンと叩く。痛い。

「温水、あんた結構いい奴だね。あたし誤解してたよ」

このクラス、俺への誤解が蔓延している。

「あ、でも、勘違いしないでってば！　その、あたしは、そういうんじゃなくて光希とはただの友達で――」

「今更？　あまりに今更過ぎない？」

学校ではトップカーストの快活美少女も、恋愛に関してはまだまだ子供ということか。焼塩は照れ隠しに口を尖らせる。

「それより暑いし早く出ようよ。いつまでこんなとこ居るのさ」

体操服の胸元をパタパタしながら言う焼塩。誰のせいでこんなとこ居ると思ってるんだ。

焼塩（やきしお）が扉に手を伸ばす。

「ん、あれ？」

「どうした」

試しに二人で開けようとするが扉はビクともしない。焼塩が戸惑った様に振り返る。

「ひょっとして……外からカギ閉められたのかもしんない」

「えっ?!　おーいっ、誰か来てくれ！　まだ中に人が――」

「温水（ぬくみず）！　あんまり大きな声出さないで！」

焼塩が後ろから俺の首に腕を回して締め上げる。うわ、背中に何か柔らかい感触が――いや、それ以上に汗がべたべたして気持ち悪い。こいつ、汗かき過ぎだろ。

「ちょっ、息、出来な――」

彼女を振り払おうとするが……完全に力負けしている。脱出できる気配がない。

「い、息……」

俺は焼塩の手をパンパンと叩く。

「あ、ごめん。大丈夫？」

「こ、殺す気か……。なんで人呼ぶの邪魔するんだって」

「だってうちの体育って光希（みつき）のクラスと合同授業じゃん」

「えーと、じゃあ綾野（あやの）を呼べばいいのか？」

「ち、違うって！　男子と二人きりで体育倉庫とか、光希に見られたら」

モジモジと指をこねくり回す焼塩。

突然可愛いけど、これそんなシチュじゃないだろ。

「でも早くしないと、みんな教室に帰っちゃうぞ」

「次の授業の人たちが来たら開けてくれるから、少しの間我慢しなよ」

「その時、二人で居るってばれるだろ」

「それは……温水が女装するとか」

「焼塩さんが男装した方が早くないか？」

不毛な会話だ。そんなことをしている内にクラスの連中は引き上げたらしい。アブラゼミの声ばかりが響いてくる。

焼塩は天井近くの窓枠を掴むと、ひょいと身体を引き上げる。

「あれ、なんで誰もこないんだろ」

「……焼塩さん。次の時間の体育、ひょっとしてみんなプールなんじゃない？」

「え？」

授業開始のチャイムが鳴る。

「てゆーか、なんであたしたちはプールじゃなかったの?!」

「2限まで2年の水泳大会でプール使えないって先生が言ってたじゃん」

「あー、そうだよね。だから3限からはプールなんだ。グラウンドには誰も出てこない……」

ジリジリジリジリ。アブラゼミが元気に鳴いている。

「おーい！　あたしまだここにいるよーっ！」

「誰か来てくれーー！」

ひとしきり大声で助けを呼んだ後、俺たちはぐったりと座り込んだ。

今朝見た天気予報によれば最高気温は35度に達するらしい。今夏初の猛暑日だ。

倉庫の気温は容赦なく上がっていく。ダラダラと流れる汗が段々と少なくなってくる。身体が慣れた……わけではなく、出る汗がなくなってきているのか。

「まずいな。助けはいつ来るんだろ」

「昼休みになれば陸上部が来てくれるから……」

うわ。焼塩の周り、汗で水たまりが出来てるぞ。こいつ、やたら代謝がいいな。

「ちょっと焼塩さん大丈夫？」

「大丈夫、私はトムソンガゼルというよりインパラだから」

「へえ、焼塩さんインパラなんだ」

……ん。何言ってんだこいつ。

「だから四本足で走った方が速いんだってば。つまりブチハイエナには打ち水が効くんだよ……」

「え、おい」

大丈夫じゃないぞ、これ。

なんとかせねば。見れば窓は天井近くにあり、防犯用に鉄格子まではまっている。脱出は無理そうだ。

じゃあ何か大きな音が出る物はないか。体育倉庫なら拡声器とか笛とかあるかも。

棚を漁っていると奥から埃（ほこり）をかぶったスポーツバッグが出てきた。開けると女物の着替えやタオルに混じって、飲みかけのペットボトルが入っている。

一瞬期待したが、液面はカビの厚い層でびっちり埋まっている。諦めてバッグに戻すと、底にコールドスプレーを見つけた。

「焼塩さん、これ！　冷却スプレー！」

ぼんやりとスプレーを見た焼塩は目を輝かせる。

「ぬっくん、デカした！　早くそれかけて！」

ぬっくんって俺のことか。

焼塩は俺に背中を向けると、汗の滴（したた）る体操服を脱ぎ捨てた。スポブラこそしているものの、白い背中がくっきり薄暗い体育倉庫に浮かび上がる。

「うわっ！　ちょっと待って！」

「はーやーくー！」

まさか女の子におねだりされる日が来るとは。

恐々スプレーを背中にかけると、悲鳴とも嬌声ともつかぬうめき声を漏らす焼塩。

「次、前ね」

向き直る焼塩。え、ちょっといいのか、お腹とか見えてるけど。なんか日焼け跡エロイし。

スプレーを浴びせると腹筋がビクリと波打つ。その上、変な声まであげるのだから、何というか少しくらい変な気になっても俺は悪くないと思います。

「楽になったか?」

「少し……落ち着いた」

恍惚とへたり込んでいた焼塩は、ぼんやりとした表情のままスポブラに手をかけた。

「つ?! ま、待て待て待てっ! それ脱ぐなっ!」

「えー、ぬっくんったら女同士で何言ってんのさ。汗でべたべただし、タオル取ってよ」

?! ここを女子更衣室か何かだと思ってるのか?! こいつ完全に正気を失ってるぞ。

俺はバッグからタオルを取ると、ブラを脱ぎ捨てる焼塩から目を逸らしたまま渡す。

「拭いたら、ちゃ、ちゃんと服をだな!」

「……あれ、それ昔失くしたあたしのバッグだ。ここにあったんだ」

焼塩はタオルで身体を拭きながらスポーツバッグを覗き込んできた。

「つっ!! 焼塩さん、服! 服!」

「あ、飲み物が残ってる！」

え、飲み物？　まさかさっきのペットボトル？

恐る恐る視界の端で様子を窺うと、焼塩はカビだらけのペットボトルに口をつけようとしているところだ。

「ばっ！　お前これ、飲めないって！」

「ちょっと！　ぬっくん、なにするの！」

ペットボトルを奪い返そうと、俺にのしかかってくる焼塩。

「うわわわっ！　見てない！　見てないから！」

「それ、あたしのだって！」

うわ、なんか当たってる！　今度こそなんか当たってる！

「おーい、誰かいるか――」

その時聞こえてきた覚えのある声。担任の甘夏古奈美だ。

「先生、います！　早く開けてください！」

ガチャガチャ。ガラララ。勢い良く開く扉。

これで助かった。甘夏先生は室内の光景を見るなり、ポカンと口を開けた。

「何やってんだお前ら」

うん、助かってないかもしれない。

上半身裸の焼塩が俺を押し倒している光景はギリギリ……いや、完全にアウトだ。

「……じゃあ、済んだ頃にまた」

「閉めないで閉めないで！　先生、どうにかして！」

「私らの頃は割と開放的な時代だったが。さすがに授業中にそんなことは」

「先生、そんな情報はいらないんで早くどうにかしてください！」

覆いかぶさる焼塩を押しのけると、流石(さすが)に燃料切れになったのか。彼女は床にばたりと倒れた。

……大事なことだからもう一度言っておく。もちろん、見てないぞ。

経口補水液。食塩とブドウ糖の水溶液で、脱水症状の緊急時の対処に用いられる。

うちの学校では保健室に常備されており、

「ヤッバ……ＯＳ‐１めっちゃ美味(うま)いよ……」

「ああ、染みるな……」

こういう馬鹿共にも惜しみなく与えられる。

甘夏先生は腕組みをしながら、呆(あき)れたように俺たちを眺める。

「お前ら授業はいいから保健室で休め。そっちの男子、担任に連絡しといてやる。クラスと名前は？」

「俺、先生のクラスの温水です」

覚えてもらうことはもう諦めた。

「そうだっけ？　じゃあ、小抜ちゃん、後は任せるよ」

言って保健室を出て行く甘夏先生。

甘夏先生の背中に手を振り、俺たちの前に座ったのは保健の小抜先生。

一般的に保健の先生が若くて色っぽいってのは都市伝説だと思っていたが。小抜先生は都市伝説級の肢体を見せつけるように足を組み、悪戯っぽく微笑みかけてくる。

「あなたたち、具合はどうかしら？」

「え、あ、はい。もう大丈夫です」

思わずドギマギしてしまう。小抜先生、何故こんな無駄に色っぽいんだ。

「せんせー、お代わり」

相変わらずぼんやりした顔で空のペットボトルを差し出す焼塩。

「はい、ゆっくりお飲みなさい」

「わーい」

焼塩は子供みたいな笑顔で2本目のOS-1を飲み始める。

ふと、真面目な顔になる小抜先生。

「熱中症は怖いのよ。命に係わるし、障害が残ることもあるんだから」

「はい、すいません」

「いいのよ、若い内は色々あるわよね。燃え上がると止められないというか、制限があると却って良くなるというか」

「……はい？　あの、どういうことで」

「あらあら。いいのよ、皆まで言わないで」

小抜先生は人差し指を俺の唇に当てると、にこりと微笑む。

「あなたたちが何してたのかは……先生との秘密ね」

なんか完全に誤解されている。誤解を解くのも面倒くさいし、ここは話題を変えよう。

「小抜先生は甘夏先生と仲がいいんですか？」

「そうね。私たち、この学校で同級生だったから」

「俺たちの先輩だったんですか。甘夏先生、どんな生徒だったんです？」

「今の姿からは想像つかないと思うけど。ちょっとドジで、危なっかしい子だったわ」

えーと、容易に想像つきます。

「私と一緒に良くこの保健室に来てたの。まあ、あの子はよく転んでたからなんだけど」

当時を思い出したのか、くすくすと笑う。

「……まさかこの学校の、この部屋で働くことになるなんて思ってもいなかったわ」

小抜先生はストッキングに包まれた足を組み替えると、懐かしそうに天井を見つめた。

「先生、天井がどうかしましたか？」

「天井の染みとか、あの頃のままだなって」

「そんなの覚えているものなんですね」

あれか、身体が弱くて保健室でいつも寝ていたとかそんな話か。それで大人になって保健の先生になって帰ってくるとか、いい話じゃないか。

「だって体位……じゃない。体勢からして自然と天井が視界に入るもの」

……訂正。この人、頭おかしい。

「さあ、飲んだらしばらくベッドに寝てなさい」

先生はベッドを区切るカーテンを開ける。

小抜先生は眠そうにしている焼塩をベッドに寝かすと、俺の手から空になったペットボトルを取り上げた。

「さ、あなたも休みなさい。思ったよりも身体にダメージがあるのよ」

「ありがとうございます。少し、休みます」

ベッドに寝転んだ俺の視界に天井の染みが入る。思わず制服姿の小抜先生が脳裏をよぎった。生々しい想像を振り払うように、俺は頭の上まで毛布を引き上げる。

……先生、ホントその情報いらなかったです。

◇

鳴り終えたチャイムの余韻が耳に残る中、俺は微睡みながら寝返りを打った。

どのくらい寝たのだろうか。廊下から聞こえてくるざわめきからしておそらく昼休みか。

カーテンの隙間から熟睡中の焼塩の姿が見える。ヘソが出ているので腹が冷えないか心配だが、流石に中に入って毛布を掛け直すのはあれだろう。

「あー、今日は昼飯面倒くさいな」

口に出してみて気が付いた。うん、面倒くさい。今日は食欲がないし、このまま昼休みが終わるまで寝ていよう。

頬に当たるシーツの感触を堪能していると、小抜先生が勢いよくカーテンを開ける。

「温水君、お客さんが来てるわよ」

小抜先生の後ろ、八奈見が手を振っている。

「あれ、八奈見さんなんでここに」

「温水君と檸檬ちゃんが保健室に運ばれたって聞いてね。大丈夫？」

「ああ、おかげさまで。焼塩さんも良く寝てるみたいだし」

ベッドから起き上がる。何故か期待に満ちた目で俺を見る小抜先生。

「八奈見さん、温水君のお弁当を持ってきてるのよ。あらあら、君も大変ね」

「えーと、先生。色々と誤解しているみたいですが」

小抜先生はうんうんと頷く。

「そうね、先生お邪魔よね。八奈見さん、私しばらく外してるからこの部屋を使っていいわよ」

「ありがとうございます先生。温水君、食べようか」

八奈見は明るくそう言うと、弁当の入ったバッグを俺に差し出す。

「中から鍵がかかるし、ごゆっくり」

ニヤニヤ顔を隠そうともせず、出て行く小抜先生。甘夏先生といい、どうして教師になれたんだ。

「ん？　なんだ、あれ」

先生のデスクに積み上げられた本の陰、スマホのレンズが覗いている。

……何を撮ろうというのか。動画の停止ボタンを押す。

「温水君、どうしたの？」

「なんでもないよ。じゃあ、いただこうか」

向かい合って座ると、八奈見が取り出したのは大ぶりのタッパー。流石に弁当箱に二人分を詰め込むのは諦めたか。

タッパーの中には黄色い塊。

「オムライス？」

「そう、自信あるんだよ。くるっと綺麗に巻けたしね」

スプーンを真ん中に突き立てると、ザクザクと切り分ける。

さてどうやって食べるのか。まさか一口ずつ交互に食べるとか。いやまさか。

一人で戸惑っていると、八奈見は白い皿を差し出した。

「家庭科室から拝借してきたの。はい、お皿持ってて」

雑にタッパーの中身を皿に落とす。なんというか、もうちょいどうにかならないか。

「はい、手を合わせて。いただきます」

「あ、はい。いただきます」

オムライスなんていつ振りか。一口食べると馴染みのある味が口に広がる。あーうん、オムライスってこんな味だよな。

「美味しいでしょ。ね、君ならいくらをつける？」

「うーん、じゃあ400円」

「400円。うん、悪くないね」

スプーンを片手に、うんうんとうなずく八奈見。

まあ、こんなもんだろ。近所のスーパーで弁当を買えばちょうどこのくらいの金額だ。

「つまりは忖度（そんたく）、だね」

八奈見（やなみ）がなんかウザいことを言い出した。

「え、どゆこと？」

「低い金額をつければ作り手に失礼ではないかと気を使う。加えてケチに思われたくないというプライドが邪魔をする。反対に高い金額をつけるのは、損をしているようで納得できない」

その通りだ。返す言葉も、必要もない俺に八奈見はドヤ顔で続ける。

「その妥協の産物として導かれた４００円……。違うかな？　かな？」

違わない。いやでも、それってお前に気を使っての話だぞ？

「温水（ぬくみず）君。君に問いたい。４００円という金額。君は本当にその額をつけたかったの？」

なるほど。では八奈見の熱弁に応えよう。

「じゃあ遠慮なく。さんびゃく――」

「違う違う！　そっちじゃなくて！」

え、この流れで何が違うんだ。

「あー、びっくりした。そういうとこだよ温水君」

どういうことだよ八奈見さん。

「４００円の壁、私がこれで破ってあげる」

ドン。八奈見が取り出したのはスープジャー。

「なるほど。スープをつけて査定額を底上げしようというのか」

しかしスープで査定が上がるとは限らない。過当競争の飲食業界。ランチタイムにスープ無料なんてのは今更だ。喫茶店では朝からコーヒーに小倉トーストまで付くというのに。

八奈見はジャーの蓋を開けるとオムライスの上に中身をかける。

「いつからこれがスープだと思ってた？」

「これは……ホワイトソース？」

ケチャップがかかっていなかったのはこのためか。個人的にはケチャップの方が好みだが、このひと手間とおしゃれ感。分かる男を装うには、査定を上げざるを得ない。

「よんひゃくご――」

いや、こいつの手口からすると、更なるトッピング地獄で金額を吊り上げようとするはずだ。まだ金額を口にするべきではない。

「え？　今何か言わなかった？」

その手は食わない。俺は無言でスプーンを口に運ぶ。

「?!　なにこれ、旨っ！」

「ふふ……。お歳暮でもらって眠ってた、帝王ホテル監修のホワイトソースを使ったの。さあ、君はこの味にいくらをつける？　帝王ホテルのこの味に！」

……くっ、はめられた。帝王ホテルの名を聞いた以上、半端な金額を提示するわけにはいかない。味を知らぬか、帝王ホテルを知らない貧乏人と罵られるのが目に見えている。

「ご、５００円」

「５００円、頂きました」

ニヤリ。八奈見が口の端を吊り上げる。

完全にしてやられた。だがしかし。この展開の中、最小限の被害で留めたと――

「なんか楽しそうなことやってんねー」

大きく欠伸をしながら焼塩がカーテンの向こうから現れた。

「あー、檸檬ちゃん。おはよう。元気になった？」

「元気元気。休んで却って元気になったよ」

「焼塩さん、良かった。一時はどうなることかと――」

思わず体育倉庫でのあられもない姿を思い出す。一人であたふたする俺を不思議そうに見ながら椅子に座る焼塩。

「ねえ、ぬっくん。あたし、途中から覚えてないんだけど。どうなったんだっけ」

「へっ？　いや、そのっ！　甘夏先生が助けにっ！」

「そうか、全然覚えてないや。じゃあ着替えも甘夏先生が」

そう言って、体操服の胸元をつまむ。脳裏を焼塩の白い肌がよぎる。

「そう！　甘夏先生が着替えさせてくれたんだぞ！　だから見てない、見てないからな！」

「あたりまえじゃん。女子の着替え見る奴がいるか」

「温水君、ちょっとキモイよ」

挙動不審な俺を冷たく見やる二人の女子。キモイは止めて。死にたくなるから。

「それはそうと、なにそれ。なんか美味しそうなんだけど」

「でしょ、私が作ったんだよ。はい、あーん」

八奈見が差し出したスプーンをくわえる焼塩。

「うわ、美味しい！　なにこのソース、ヤバいじゃん」

「でしょ、帝王ホテルの味だよ。ま、温水君はいまいちこの価値が分かんなかったみたいだけどー」

八奈見はニヤニヤと俺を見ながら焼塩にもう一口食べさせる。なぜ俺の皿から食わせる。

「はい、もう一口どうぞー」

「すいません、檸檬いますか」

ガラララ。ひょっこりと顔を出したのは綾野光希だ。大口を開けている焼塩の姿に、思わず口元を緩ませる。

「光希っ!?」

焼塩はぴんと背筋を伸ばして座り直す。小麦色の肌の下、顔が真っ赤に染まるのが分かる。

「お前が熱中症で倒れたって聞いてさ。なんだ、元気そうじゃん」

「いやいや、今にも倒れそうだって！　光希（みつき）、介抱しに来てくれたんだ」

「ほら差し入れ。これなら食べられるだろ？」

差し出した袋にはゼリーとリンゴジュース。

「あたしのために？」

「でも元気そうだし、いらないかな」

「いるって！　具合悪くて御飯も喉通らなかったし、ありがとね」

「ああ、そうみたいだな」

綾野（あやの）は焼塩（やきしお）の頰（ほお）に手を伸ばす。

「み、光希……!?」

「ほっぺたじゃ飯は食えないぞ」

笑いながら檸檬（れもん）の口元から米粒を取る。

「あ、あ、ありが、と」

「それじゃ、邪魔したな」

「あの、良ければ少し食べてかない？　八奈ちゃんの作ったオムライス、美味（おい）しいんだよ」

綾野を逃すまいと話しかける焼塩。

「へえ、オムライスか」

「あ、光希さん。ここにいましたか」

開けっ放しの扉から、ひょっこりと可愛（かわい）らしい顔が出る。朝雲千早（あさぐもちはや）。綾野光希の塾仲間だ。

「千早、どうした」

「今日、塾はないですけど自習室に行こうと思いまして。一緒に行きませんか？」

「悪い、今日は早く帰らないと。また明日、塾で」

「了解です。じゃあまた今夜連絡しますね」

さらりと立ち去る朝雲千早。綾野は軽く苦笑いしながら、

「ったく、また明日って言ったじゃん」

まんざらでもなく呟（つぶや）いた。

……あれ、この二人。俺が塾にいた頃とちょっと空気が違う気が。

「じゃ、俺も教室に戻るな。檸檬、無理するなよ」

「う、うん。ありがと！」

綾野の後ろ姿を見送る焼塩は、すっかり恋する乙女の顔だ。

「……ねえ、檸檬ちゃんにラブな空気が流れているんだけど」

いつの間にか俺の隣に来ていた八奈見（やなみ）が肘（ひじ）で小突いてくる。

「はあ。どうも焼塩さん、綾野のことが好きみたいで」

「そうなんだ。意外な組み合わせだね」

「俺は中学から一緒だけど、二人は確か小学校から一緒なんじゃなかったかな」

「と、いうことは幼馴染みたいなものね」

幼馴染……八奈見的にはそうなのか。

ピンと来ない俺に向かって、八奈見はやれやれと肩をすくめる。

「あのね、温水君。女の子は二種類に分けられるの。幼馴染か、泥棒猫か」

なるほど、大胆な分類だ。八奈見は厳しい表情で俺を見る。

「で、さっき顔を出した子は誰なの？」

「朝雲さん。中3から塾で一緒だったはず」

ようやく夢から覚めたのか、焼塩が勢い良く机の上に身を乗り出してきた。皿が一瞬宙に浮く。

「ねえ、二人から見て光希と朝雲さんってどう見える?!」

「そうね、仲は良さそうだけど。出会ったの最近でしょ？　ただの友達じゃないかな」

「だよね！　ただの友達だよね！」

「……でも、さっきの二人ってデキてる雰囲気じゃなかったか？」

「「は？」」

二人のオーラに俺は思わず身をすくめる。怖い。

「え、な、なに？」

「温水君。吹けば飛ぶようなたった一年間が、小学校からの長い歴史に勝てると思ってるのかな？」

「うんうん！　やっぱ八奈ちゃん、分かってるなー」

つい最近、２か月に負けた十年選手を見た気がする。

「檸檬ちゃんのこと、なんか他人のような気がしないんだ。応援するよ」

「ありがと！　何だか元気出てきた」

そうか元気出たようで良かった。それはいいけど。

「あの、焼塩さん。それ、俺の昼飯だけど」

「あれ、そうなんだ。美味しいよ、ぬっくんも食べればいいのに」

「焼塩さんが使ってるスプーン、俺のだし」

「うん？　いーよ、取って」

焼塩はくわえたままのスプーンの柄をピコピコ上下に動かす。

俺は半ばウンザリしながらスプーンを抜き取った。ぬるりとした感触がなんかエロ――いやごめん、気のせいだ。なんか唾がいっぱいついてるし。

テンションの下がった俺は再び彼女の口にスプーンを突っ込む。

「うぐっ?!」

「俺あんまり食欲ないし、もっと食べていいよ」

そういや俺、回し飲みとか苦手だったよな。そんな機会がないからすっかり忘れてたけど。

「いやいや悪いよ。せめてちょっとは残しといてあげるって」

遠慮した上でちょっと残しか。

「あ、そういえば温水君。小鞠ちゃんから伝言あったよ。放課後部室に必ず来てって」

モグモグしながら言う八奈見。さてなんだろう。また生徒会から何かお叱りを受けたのか。

俺は何とはなしに目の前のモグモグ女子たちを眺める。

八奈見に焼塩。二人とも確かに可愛いが、この性格はいただけない。そして焼塩に漂う負けヒロインの気配は八奈見に通じるものがある。

「はい、ごちそーさん」

そんな失礼なことを考えていると、突然口に生ぬるいスプーンが突っ込まれる。ソースと卵の混じった味が舌に広がる。

「っ?!」

「ちゃんと残しといたよ」

焼塩は軽く言うと、勢い良く立ち上がる。

「よし。じゃああたし戻るよ。先生によろしく言っといて」

いやお前そんなことより、口から口にスプーンとかありえないだろ。ちょっと自分が可愛いと思って――いや、そりゃ可愛いけど、そういう話じゃ。

固まる俺を残し出て行く焼塩。八奈見はニヤニヤと俺を横目で眺めてくる。

「あれー、なんか顔赤くない？」

「そ、そんなわけないだろ！」

「間接キスだもんね。いかんねー、学校で変なこと考えちゃ」

「だ、だからそんなんじゃないって！」

俺は皿を持ち上げると、残り僅かなオムライスをかき込んだ。

「あ、そういえば。今日私、友達と買い物行くから、文芸部に顔出せないよ」

「そうなんだ。了解」

というか、今後も文芸部に顔出す気があるんだ。何をする部か知らなかったのに。

「一人で文芸部行ける？　寂しくて泣かない？」

なんだそれ。また俺をからかうつもりか。ふと顔を上げると、八奈見は心配そうな表情で俺を見ている。

え。俺、本気で心配されてる？

「部活くらい一人で行けるけど」

「ホント？　良かった。じゃあ、頑張ってね」

八奈見はホッとしたように表情を崩すと、残りの米粒をスプーンで器用に掬(すく)った。

……今の俺、八奈見の中でどんなキャラなんだ。

◇

その日の放課後の部室。月之木(つきのき)先輩は真剣な眼差しで俺と小鞠(こまり)を見渡した。

神経質に指先をこねくり回していた小鞠は、俺の視線に気付くと手を机の下に隠した。

「さて、集まってもらったのは他でもないわ。我らが文芸部の今後の活動について、重大発表があるの」

先輩は芝居がかった仕草で両手の人差し指を立てる。

「面倒な話と、割と面倒な話がある。どっちから話をしようか」

「面倒でない話はないんですか？」

「どうしてもと言うなら、長くて地味にウンザリする話なら」

「ごめんなさい。面倒な話からお願いします」

先輩は鷹揚(おうよう)にうなずくと、片方の人差し指を下ろした。

「毎日、ただ本を読むだけの日々からは卒業よ。我々は書く方にも進出する」

「え、文芸部なのに書いたりしてなかったんですか？」

「いやいや、元々はちゃんと書いてたって。昔は部誌を出してたし、文部科学大臣賞を受賞した部員もいたとかいないとかやっぱりいないとか」

つまりいないんだな。

「今はどうして書かないんですか」

「分かってないな、君は」

チッチッチ。指を左右に振ると、月之木先輩は不敵に笑う。

「書く書くと言って、書かないのが私たちなのよ」

うんうんとうなずく小鞠。なんだそれ、文芸部的持ちネタか。

「ぶっちゃけ、こないだの部長会で生徒会に突っ込まれてさ。活動内容に執筆がありながら、何も書いてないではないかと」

「はあ」

「活動内容に執筆があるって上手いこと秘密にしてたんだけど。なんでバレたんだろ」

あれ、ひょっとして。とある不気味な生徒会役員の姿が目に浮かぶ。

……いかん、話題を逸らさねば。

「じゃあまた部誌を作るんですね」

「いや、紙代や印刷代もかかるし頒布経路もない。そこで」

得意気にスマホを差し出す月之木先輩。

「我々は電子の大海に漕ぎ出すことにした。『文豪になろう』に投稿をするのだ！」

パチパチパチパチ。何故か手を叩く小鞠。まあまあ、と手を上げてそれを制する先輩。にわかに立ち上がる仕込み疑惑。

「まずは掌編でも第1話でも構わない。とにかく、何かをアップしようと思うの」

確かにＷＥＢなら印刷の手間もないし、配り先を気にすることもない。部活動としては手頃だ。

「じゃあ次は割と面倒な話をしましょう」

そういえばまだ一つ。思わず背筋を伸ばす。

「それに伴い今度の週末、文芸部の合宿を行う！」

「はいっ？」

「田原の青年の家に今週末、空きがあったの。二部屋押さえたから」

「え、ちょっと待ってください。今週末って、明後日じゃないですか」

「昨今の出版業界はスピード感が命だからね。勢いではまだまだ若い君たちに負けてないよ。二人ともついてこれるか！」

勢いに押されて拍手しかけた小鞠が、ちょっと考えてからスマホを差し出す。

『正直、週末は家でこもりたいです』

うん、俺も正直気が進まない。

「ふふ……分かっていないな。この単語を聞いても、君らはそう言える？」

不敵な笑みを浮かべる月之木先輩。何故か眼鏡がキラリと光る。

「……缶詰」

は？　ツナ缶とか、じゃないよな。あれか、締め切り間際の作家がホテルとかに閉じ込められるやつか。うん、それがどうした。

「お、おお……」

恍惚と宙を眺める小鞠。え、なにその反応。

「憧れるでしょ？　滾るでしょ？」

「う、うん、缶詰、カッコイイ！」

こくこくと高速でうなずく小鞠。そうなのか。正直分からん。

「書くのはスマホでも紙でも何でもいいよ。部長がノートパソコンを持ってくるから、それでアップロードの作業をしましょう」

「でも何を書くかも決まってないですよ」

「書くのは週末でいいし、それまでに何を書くか各自プロットを考えておきなさい」

いつかは書いてみたいとネタの一つも考えてはいたが。正直、急過ぎるぞ。

「先輩は何書くか決まってるんですか？」

「まあ、『文豪になろう』だからね。異世界転生モノでも書こうかと」

意外だ。先輩、流行りモノが好きなんだな。

「まずは三島が割腹自殺して異世界転生するの。太宰はそれを追って玉川上水で入水するってのが導入ね」

先輩、少しは流行りモノに寄せてくれませんか。

「あの、時系列が逆じゃないですか？　太宰が死んだ方が先じゃ」

「ああ、創作に当たってはそういった些事は無視していいのよ。大切なのは両者の愛し合う心だから」

「小鞠さん、そういうものなの？」

思わず小鞠にこっそり尋ねる。

『そう。温水、全然分かってない。人の心を書くのが文学だから』

こちらを見もせずにスマホで語る小鞠。

「まあ、私の採用している世界線では山手線に轢かれても湯治で治せるしね。ただ、18禁だから君たちには見せられないのが残念だ」

いやこれ、部の活動じゃなかったか。

「18禁……イクナイ……」

うんそうだ。もっとちゃんと言って――――ん、誰だ今の声。

「うわっ！」

本棚の陰、暗闇に紛れて立っていたのは生徒会書記、2年生の志喜屋さん。驚く俺と対称的、月之木先輩は慣れた様子でチラリと目をやる。

「志喜屋、いつからいたの？」

「さあ……。誰か来るのを待っていたら……少し寝ちゃって……」

志喜屋さんは物憂げに首を傾(かし)げながら、俺の顔をじっと見つめる。

「ちゃんと……活動を行って……いる。感心……」

相変わらずノートを見ないまま何かを書き付けると、崩れ落ちるように隣の椅子に座ってきた。

「月之木先輩……合宿……するなら、届を……出して」

「了解。明日までに部長に持ってかせるから」

「生徒会は……いつも見てる……から」

俺を見るのはいいが、まばたきくらいはして欲しい。今度は小鞠が本棚の陰に隠れてるし。

「志喜屋。生徒会、うちを目の敵にしてない？」

「いや……全部の部活を……狙ってる……経費……節減……廃部……根絶……」

なんか怖いこと言ってる。

しばらく経(た)つと、志喜屋さんは無言で部屋を出て行った。

なんだろう。俺はまだ、あの人のことをどう受け止めていいのか心が定まっていない。

「あのー、先輩。志喜屋さんと知り合いなんですか？」

「ええ、昔ちょっとあってね。普段はもっと大人しいんだけど。基本、動かないから」

「それで高校生活大丈夫なんですか」

「それがあの子、ああ見えて成績良いの。先日のテストでも学年10位内に入ってたらしいし」

マジか。ギャル（?）なのに成績がいいとか俺好みの設定過ぎないか。怖いのさえなければ最高だ。

「先輩も勉強できそうに見えますけど」

言い終わるが早いか、小鞠が俺の椅子を蹴飛ばしてくる。

「ぬ、温水！ つ、月之木先輩の成績は、こ、この部では禁則事項！」

「え。月之木先輩、成績悪いんですか」

眼鏡なのに、と言いかけて思わず黙る。

「可能性に満ちた成績と言ってちょうだい。そういうあなたはどうなのよ。こないだ定期テストあったでしょ」

「えーと、確か学年で37位だったかな」

一瞬驚いたように黙る二人。俺そんなに勉強できないように見えるのか。

「なんか……可能性を感じられない」

「う、うん。中途、半端。反省しろ」

え、なに。なんでいきなり俺、ディスられてるの。

「つまりね、優等生のクール眼鏡男子と学年1位を競い合うとか、反対に赤点回避のためにドSのクラス委員長男子に秘密のレッスン受けるとか、何かしらの可能性を感じたいの」

そんな可能性はいらないです。

「そ、そのくらいなら、先輩みたいに、学年222位とか、とった方が……おいしい」

「まあね。その辺私は持ってる、っていうのかな」

そこで何故照れる。

うちの高校、1学年が6クラスでそれぞれ38人だから……1学年228人か。

「大丈夫ですか先輩。今年受験じゃないんですか」

「大丈夫大丈夫。私、決断力はあるし。志望校とかちゃんと決められるから」

「いや、どちらかというと相手が選ぶ側ですよ」

眼鏡と美人に騙されてたが、この人も結構ヤバいぞ。

「せ、先輩、土曜日、どうすれば」

小鞠の言葉に、先輩は思い出したようにスマホで検索を始める。

「えーと。渥美線で、がーっと南下して、頃合いを見て降りましょう。降りたらバスくらいあるでしょ。うん、きっとある」

本当に大丈夫か。

「じゃ、土曜日の朝7時とか8時とかその辺で。愛大前の改札に集合ね」

にこりと微笑む月之木先輩。

……多分、大丈夫じゃない気がする。

◇

部室からの帰り道。俺は豊橋(とよはし)駅前で寄り道をしていた。市内最大級の書店、精文館書店本店で新刊チェックを行うのだ。

言わずもがな、『文豪になろう』に投稿するからには最新動向の研究は必須だ。サイトの人気作や流行ワードは確認済だが、WEB発の書籍は大判が多い。文庫とコーナーが違うので、店頭状況に詳しくないのだ。平積みにされた本をざっと眺める。

「やはり、異世界モノが主流か……」

時に大喜利や時代劇に例えられることもある異世界モノ。あの手この手で差別化を図りつつ、ジャンルとして共有の世界観を積み上げつつあるこの状況はなるほど興味深い。

「やはり、狙うはここか」

「温水(ぬくみず)、じゃ、邪魔」

小柄な少女がいきなり俺を押しのける。

「あれ、小鞠(こまり)さん。なんでここに」

「し、視察。ラノベ、よ、良く分からないから。勉強、しようと」

小鞠は興味深そうに色とりどりの表紙を眺める。

「さ、最近のラノベ、ほ、本が大きいんだな……」

「ああ。大判コーナーはラノベの中でもＷＥＢ小説の書籍化作品が主だしな。この手の異世界ファンタジーは、なろう系と呼ばれている」

「あ、あれかな。て、転生とか」

「まあ確かに。この十年来の定番要素に転生に加えてチートとスローライフというのがある。一見、交わらないようなこの二つの要素、現実世界の厳しさに疲れた現代人が求めているということで源流は等しいんだ」

「げ、源流？」

「源流は全肯定。読者を傷付ける者がいない、優しい世界というわけだ」

「ほ、ほのぼの系では駄目（だめ）、なのか？」

「悪くはないが、チートや称賛されるスキルは必須だ。主要な読者の大人達は、異世界での楽隠居すら、持たざる者には手に入らないことを知っているのさ」

「お、大人の人生、つらい……」

　思わず嘆息する小鞠。

「戦いによる勝利と称賛、スローライフによる安らぎと愛情。この二つは本質的には変わらない。あくまでも使用するフォーマットの違いだけの問題だ。そして最近は女性向けのドアマットヒロインや婚約破棄から派生した追放系の亜種が――」

「……な、長い。じゃ、じゃあ、似たようなこのタイトルにも、わけがあるのか？」

転生、チートの次は長い説明タイトルか。そんなものは脳内で何十回と回答済だ。

「タイトルは読者に対する商品コンセプトの説明文。『1個で満腹がっつりハムカツパン』みたいなものだ。つまりタイトルなんてものは帰納的に自然と似て非なるものになる」

「へ、へえ。温水が書く予定のタイトル、決まって、るのか？」

「もちろんだ。導き出される最適解は『異世界賢者は転生チートでロハスなスローライフを目指します』だな。これでまずはランキング入りを目指し――」

「そ、それ、ここにある」

「え？」

あ、ホントだ。しかももう5巻まで出ている。

あー、もうあるかー。脳内最新刊で、主人公が六人目の嫁を貰ったところだったのに。

「ふ、ふふ……」

堪え切れずに笑いだす小鞠。

「あ、あれだけ語って、とっくにもう、あるとか」

畜生、言い返せない。

「そういう小鞠さんはどうなんだ。書くのはもう決まってるのか？」

「わ、わたしは、異世界転生とか、興味ない。こっち、だ」

連れていかれたのは一般書の文庫コーナーの一角だ。恋愛物やあやかしモノを中心に、ドラマ化や映画化された原作本も並んでいる。

「じ、実は前から書き始めている……」

「え、そうなのか」

ヤバイ、先を行かれてるぞ。

「な、なあ。タイトルとか、決まってるのか？」

さり気なさを装い尋ねてみる。場合によってはパクることも厭(いと)わない覚悟だ。

恥ずかしそうにしながら、小鞠がスマホを突き出した。

『あやかし喫茶のほっこり事件帳』

タイトルからすると、キャラ文芸とかそっち系か。残念ながらそっちの造詣(ぞうけい)はまるでない。

どんなのが流行ってるんだろうかと何気に棚を見る。

「あれ、同じタイトルのがあるけど」

思わず手に取る。

「ち、違う、よく見ろ。こっちは事件録。私のは事件帳」

「これは別タイトルってことになるのか？」

「もち、ろん」

得意気に胸を張る小鞠。

「つまり、タイトル被りなんて気にするな、ということだな」

「ぬ、温水みたいに被ってないし」

「小鞠だって似たようなもんだろ」

「よ、呼び、捨てっ!?」

非難するように俺を睨み付ける小鞠。ちょっと待て。

「だって、お前のが先に呼び捨てだろ。さん付け面倒だし」

「あ、いや、ま、まあそうだけど」

納得できないのか、制服の裾を摑んでぶつぶつと呟いている。相変わらず面倒な奴だ。

「じゃあ俺、本買って帰るから」

「ちょ、ちょっと待って！　や、や、八奈見、来るの？」

「え？　いや、今日は俺一人だけど」

「で、なくて！　八奈見、文芸部、入る、の？」

「どうだろ。部室には来るつもりありそうだけど。心配なのか？」

やっぱ、小鞠も同級生の女子が一人くらい居た方がいいんだろうか。

「だ、だって、八奈見、可愛い、から」

「まあ、確かに八奈見可愛いけど。それがどうした」

「ぶ、文芸部、可愛い子が、く、来る部活、違う」

ちょっと待て。全国の文芸部ガールに謝りなさい。ほら早く。

「いやいや、そんなことないだろ。ほら、月之木(つきのき)先輩は美人だろ？」

あれ、俺もちょっと待て。この話の流れで二人しかいない女子部員の片方を褒(ほ)めたら残った方はどうなる。

「あ、あの人は、別。わ、わたしとか、こんなんだから……」

「いやいや、そんなことないって」

予想通り面倒な展開だ。よし、まずは良かった探しをしてみよう。

……横目でちらりと小鞠の横顔を窺う。小刻みに震える薄い唇は確かに地味ではあるし、前髪で片方隠れた奥二重の瞳も、大きいけどまあ地味だが。

「小鞠も普通に顔は整ってるし、別に卑下することないじゃん」

「うなっ?!」

ぼとりとカバンを取り落とし、俺から飛びのく小鞠。顔を赤く染めながら絞り出すように呟く。

「みっ、#MeToo案件……」

「はっ!?　いやいや、俺は普通に見たままを言っただけで、特に変な意味はないぞ？」

えー、なんで褒めただけでそんなん言われなきゃいけないんだ。

震えながら睨みつけてくる小鞠の姿に、俺は内心溜息をつく。まあ、ここまで嫌われてるなら仕方ない。

「確かに女子相手に容姿の話とか、誉め言葉でも言うべきじゃなかったな。悪い」

「え、いや、わ、分かってくれれば」

頼まれたから部活に行ってるのに、そんなに嫌がられるってどういうことだ。

「八奈見（やなみ）さんにも上手いこと言っとくよ。俺も部室に行くの控えるからさ」

「え、え、あの……ちょ、ちょっと」

あーもう、すっかり面倒になったぞ。何か一冊買ってさっさと帰ろう。

踵（きびす）を返した俺の後頭部を、平手で叩いてくる小鞠（こまり）。

「痛っ！　なんだよお前！」

「あ、あの、違うっ！　そうじゃなくてっ！」

なんか怒りながら俺に詰め寄ってくる小鞠。

うわ、なんかもうこいつの怒りどころがさっぱり分からん。つーかこれ、逆ギレじゃないのか。

「せ、先輩に叱ってもらう、から！　ちゃ、ちゃんと部活、こい！」

「なんだよもう。明日、ちゃんと行くからそんな怒るなって」

それでも気が済まないのか、小鞠はスマホに何か打ち込むと俺の眼前に突き付ける。

『明日だけでなくて、ずっと』

「……ずっと？」

「だぞ！」

言い捨てると走って逃げる小鞠。

なんなんだ一体……。いやホント、全くわけが分からん。めっちゃ唾も飛んだし。

俺はグッタリしながら顔にかかった飛沫を拭った。

帰りがすっかり遅くなった。

夏至は過ぎたとはいえ、この時間でも陽は街を薄赤く覆っている。もう少しすれば空の色に青みがかかる。そうすれば吸い込まれるように昼間の時間は姿を消す。

理由の分からない心細さを感じながら、俺は足を速めて家路をたどる。

前に見慣れた制服姿がある。建物の間から斜めに漏れる鮮やかな夕陽に足元を照らして歩いているのは妹の佳樹だ。重そうにレジ袋を提げて歩いている。俺はどことなくホッとした気分で、後ろからレジ袋を手に取った。

「びっくりした！　お兄様、今帰りですか？」

「ああ。佳樹も今日は遅いな」

「お父さんもお母さんも遅いというので、つい友達と話し込んで」

袋の中身を見ると、うどんの生麺とネギとウズラ卵、山芋……。我が家の定番料理、豊橋(とよはし)風カレーうどんを作るつもりに違いない。

ふと、佳樹が上目遣いで俺を見ているのに気付く。

「どうした」

「お兄様。週末は家を空けるんですけど、いいですか？」

「構わないけど。なんでそんなこと聞くんだ？」

「だって、寂しいかと思って。一人で泣いたりしないですか？」

どいつもこいつも、なぜ俺がそんな寂しがり屋だと思ってるんだ。今更過ぎる。

「大丈夫だよ。それに俺も今週末、泊まりで部活の合宿行くことになってさ」

「えっ⁈　じゃあ、ついにお兄様にお友達が？」

「え、いや、そういうわけでは――」

話も聞かずにトテトテと走り出す佳樹。一軒の乾物屋に飛び込んだ。

「ご主人、小豆の良いとこいただけますか！　赤飯炊くんです！」

「おや、佳樹ちゃん。何かいいことでもあったのかい？」

前掛けで手を拭きながら出てくる店主。佳樹の奴、意外なところで顔が広い。

「それが、お兄様に初めての友達ができたんです！　ご挨拶にお赤飯配ろうかと」

「そりゃ良かった。君がお兄さんかい？　商店街の集まりでも皆、心配してたんだよ」

え、いつの間にそんなことに。この商店街、来れなくなったぞ。

「商店街のスタンプラリーで、チェックポイントを君にしようと思ってたんだけど。必要なかったかな」

止めて下さい。いや、マジで。

「それにしてもめでたい。佳樹ちゃん。餅米もあるから、お祝いに持っていきな」

「ご主人、ありがとうございます！　それでお兄様、友達ってどんな方なんですか？　やっぱりお兄様に似て素敵な方なんでしょうね」

目を輝かせながら迫ってくる佳樹。

「え、いや、その」

「まさか女の方なんですか?!　どうしましょう。やっぱり佳樹が責任持って面接しないと――」

「いや、友達ができたというわけじゃ。文芸部に入ったから、先輩や同級生はいるけど」

「え……友達、出来たわけではないんですか？」

「あ、うん」

途端に静まり返る店内。自動感知の照明がカチリと音を立てて消える。暗い。

「……ご主人。やっぱり大豆にしてください。昆布と一緒にコトコト煮ます」

「ああ、そうだね……。じゃあ押し麦をサービスしとくよ」

お通夜のような空気になったぞ。俺なにか悪いことしたっけ。

「あ、あの、俺、もう少し頑張るからさ」

「はい……。でも、無理はしないでくださいね」

そのテンションのまま、家路に戻る俺たち。

「それでも、部活に入って一緒に合宿行くなんて。そういうの、初めてじゃないですか？」

「小5の頃、無理に行かされたボーイスカウト以来かな」

あの夏休みは今でもトラウマだ。

「部活に入るとか、合宿に行くとか。お兄様も少しずつ、前に進んでいるんですね」

「うーん、そうかな。なんか流されるままに生きている気が」

「それでもいいじゃないですか。良い流れには乗るものです」

佳樹は優しく微笑むと、俺の頭を撫でてきた。

「お兄様、随分頑張りましたね。はい、偉い偉い」

そして佳樹はレジ袋の持ち手の一つを強引に奪い取る。

「なんだ、手伝ってくれるのか」

「ええ。今日はお兄様を、うんと甘やかしてあげちゃいます」

夕陽に照らされた佳樹の笑顔が黄昏の街に輝く。

俺は苦笑いをすると、佳樹に合わせて足を緩める。

それにしても実の妹に甘やかされると、なんというかこそばゆいというか申し訳ないというか。

……はい、お兄ちゃんもうちょい頑張ります。

《本日の貸付金残高：2，367円》

◇

文芸部活動報告　月之木古都『待つ身がつらいかね、独り寝の身がつらいかね』

ぱちりと駒を打ち付ける音が廊下まで響く。

軍服姿の男がすらりと引き戸を開けた。将棋盤の前では木綿の蚊絣をざらりと着崩した男が胡坐をかいている。男は相変わらず人を食った表情で伸びた無精髭をさすっている。

軍服の男が大声を張り上げる。

「なぜあなたがこんなところにいるのか」

突然の闖入者に、蚊絣の男は一瞬怯えたように顔を上げた。男の軍服姿を見ると再び盤上に視線を落とした。

「ああ三島君か」

　悠々と、しかし物憂げな表情で駒を指で弄ぶ。

「ついに大願かなってこちら側にきたはいいが。どうにも勝手が分からない」

　駒を打つ小気味良い音が響く。男は半ば駒を打ち付けるのが目的のようだった。

「服といい将棋といい、見たこともない物を中々上手く作るもんだよ。エルフという連中は」

　三島の顔をチラと見上げる。

「おまけにエルフの女は『面倒見』がいい」

　自嘲気味に笑うと、ぱちりと駒を打ち付けた。

　三島は向かいにどさりと腰を落とす。

「太宰さん。ここがどこかご存じか」

「異世界何某とかいってたが、津軽とあまり変わらないね。森の大将は相変わらずいばってやがる」

「森先生にお会いしましたか」

「果たして御仁は金髪の娘を侍らしていたよ。性根ってのはどこに行っても変わらんものさ」

　笑いながら手の中の駒をジャラジャラと鳴らす。

「あなたはいつもそうやって話を茶化す。このような処で腐っていても仕方ない。森先生の下で今一度、再生を図るのです」

「大将の話ばかりだな。なんだい。俺に会いに来たんじゃないのか」

黙る三島に無精髭(ひげ)の伸びた顔を近付ける。

「聞いたぞ。腹をかっ捌(さば)いたんだろ。どうだい。痛かったかい」

三島はそれに答えず盤上に手を伸ばした。王将を一歩前に進める。

「……僕は相変わらず、太宰さんのことは好きになれない」

「そんなことを言ったって、こうして来てるんだから、やっぱり好きなんだよな」

太宰は将棋盤を脇に除(よ)けると、駒の代わりに三島の手をぐいと摑(つか)んだ。

「太宰さん、僕はあなたのことは」

「なあ、やっぱり好きなんだな」

肺病みのような細い体軀(たいく)に似合わぬ力強さで、鍛え上げられた三島の身体(からだ)を畳の上に組み敷くと——


以下、部長権限にて検閲。

◇

翌日の金曜日。朝の教室はどことなく浮ついた雰囲気だ。

友人と挨拶を交わしながら、週末の予定の落としどころを探っているのだろう。スマホというコミュニケーションツールが普及しているとはいえ、対面での人付き合いは人間関係の基本と言っても良い。

それは健全な人のあり方でもあり、同時にいくばくかの不自由さも含んでいる。

「……自由、か」

俺は机に肘をついたまま指を組み、独りごちる。

自由と孤独は背中合わせとはよく言ったものだ。俺くらいになると、週末の予定の調整に惑わされることもない。

……はずだったのだが。

昨晩は頼りにならない月之木先輩の代わりに、明日からの合宿の為に電車の時間やらバスの時間やら調べる羽目になった。

周りの観光地をついでに調べたのは、あくまでついでだ。決してはしゃいでるわけではない。

「ぬっくん、おはよー！」

「え、あ……お、おはよ」

なんで俺に挨拶を。戸惑う俺の前の席、焼塩檸檬が腰を下ろす。

「焼塩さん？　え、どうして」

「どうしてって、朝だから。おはようじゃん」

まあ、そりゃそうだけど。朝から挨拶して世間話するほどの仲だっけ。

戸惑う俺にお構いなし、焼塩(やきしお)は小さな顔を軽く傾(かし)げてこんなことを言い出した。

「あのさ、昨日の体育倉庫のこと思い出して。早速今日の帰り――」

「はっ?! お、思い出したのっ!?」

こいつ、あの嬌態(きょうたい)を思い出してなぜそんなに冷静でいられるんだ。

「見てないっ! 見てないからなっ!」

見てないが、体操服越しの感触ははっきりと覚えている。柔らかい……にも関わらず、優しく伝わる確かな弾力。俺は真っすぐ顔を見られずに、思わず視線を逸(そ)らす。

「? なんのこと? 光希(みつき)に本を貸すって話だけど」

「え? 本?」

「借りに来ていいって言ったじゃん。ぬっくんも暑さでやられたの?」

「あー、それね。うん、全然それね。うんうん、分かった」

「じゃあ、放課後ねー」

手を振ってから、さっさと自分の席に向かう焼塩。ホッと胸を撫(な)で下ろす。

……ん? なんだなんだ。クラスの視線が俺に集まっているぞ。主に男子の。

なんだって背景キャラの俺をクラスの男子共が見てるんだ。しかも決して好意的なものではない。妬み(ねた)と悪意に満ちている……。


「――ってことがあったんだけど。なんでなんだ」

所は変わって昼休みの非常階段。八奈見(やなみ)はバスケットを取り出しながら、俺の質問に何気に答える。

「だって、檸檬(れもん)ちゃんかなりモテるし。温水君(ぬくみず)が親しげに話してたからじゃない？」

「へえ、モテるんだ。へーえ」

なるほど。ふーん、モテるのか。

「……で、誰がモテるって？」

「はい？　だから檸檬ちゃんだよ。君、大丈夫？」

マジか。あれ、モテるのか。確かに元気で可愛(かわい)いけど、中身あれだぞ？

「檸檬ちゃん、明るくて可愛いもん。確かにちょっとアレなところはあるし、彼女がうちに入学できたのはツワブキ高の七不思議に数えられてるけど」

八奈見は自分を納得させるようにコクリと頷いた。

「明るくて可愛いし」

そうか。それなら仕方ない。何しろ明るくて可愛いしな。

今日の弁当に目をやった。バスケットに二人分、おにぎりにウインナーや唐揚げ、ブロッコリー等の分かりやすい食材が楊枝付きで詰まっている。

なるほど、これなら分けて食べやすい。というか、

「……どうして今までこうしなかったんだっけ」

「そうね、これだよね。明らかにこれだよね」

八奈見も不思議そうに呟く。

「ああ、これが正解だよな」

俺はおにぎりを手に取った。なんだったんだろう。今までの空回り。

手折りの弁当箱、落ちてくる米塊、食い尽くされるオムライスが走馬灯のように脳裏を巡る。最後は弁当のせいではないが。

「そんなことより温水君。さっきの合宿の話だけど、なんか楽しそうだね」

「どうだろ。缶詰って言ってたし、楽しいかは分かんないな」

平和な気持ちでおにぎりを頬張っていた俺は、コリコリした歯触りに思わず目をやる。中身、三河地方の誇るキュウリの漬物キューちゃんだ。

「一泊かあ。女子部員は月之木先輩と小鞠ちゃんの二人？」

「ああ。男子は俺と玉木部長の二人だな」

八奈見はスマホで何かを調べ始める。

「近くに海水浴場もあるね。水着、去年のだけど大丈夫かな」

「え、水着って毎年買い替えるものなんだっけ」

それにお前も来るつもりか。

「毎年でなくてもいいけどさ。新しい水着、見たくない？」

「見たいというかなんというか。それに今年新しいの買ったばかりじゃん」

「えっ？　いやいや買ってないし。なに言ってるのかな温水君」

頬をひくつかせながら、俺から距離を取る八奈見。

「ちょっとキモイ……というか、かなりキモイ、かな」

こいつキモイって二回も言ったぞ。二回もだ。

「いや、買っただろ。俺ら1年なんだから指定水着を共同購入したじゃん」

「……あ、そっち？」

八奈見は一瞬納得したような顔をしたが、残念そうに首を振る。

「海水浴場に指定水着はいくらなんでも。下着の方がマシなくらい、かな」

「え、そんな駄目（だめ）なの？」

ということはこいつら、授業中にそんな恥ずかしい恰好をしてるということか。

「駄目だし、さっきのはいかんよ温水君。私の誤解だと分かった上でも、一発アウト級のキモさだよ」

これで三回目のキモイだ。正の字が完成する前に水着から話題を変えねば。

「合宿は泊まりだから週末丸々潰れるけど。予定とか大丈夫？」

「それがね……。昨日の帰り、おばさんに会ったの」

急に俯き、暗い口調で話し出す八奈見。

「おばさん？」

「ええとね、草介のお母さんのこと。私たち、幼馴染だから家族同士も仲良いの」

また面倒な話が始まった。

「最近、朝に迎えに来ないね、どうしたのって。ふふっ、可笑しいよね。彼には彼女もいるんだし、私が起こしに行くなんて変だもんね」

「お、おう。そうだな」

「それでね。おばさんったら、草介と喧嘩したの？　だって。そういえば、昔はよくつまらないことで喧嘩ばかりしてたな」

八奈見は遠い目で流れる雲を眺める。

「……喧嘩だったら、仲直りできたのにね」

返答に困る話はやめてください。

「それでね、私と草介が喧嘩してると勘違いしたお互いの親が、週末にバーベキューを計画してるの——サプライズで」

八奈見はグッと身体を乗り出してくる。

「だからお願い！　私を海に連れてって！」

２０世紀のドラマみたいなことを言い出した。

「いや、そこまでしなくても普通に外に遊びに行けばいいじゃん」

「うちの父さんのバーベキュー熱を舐めてるの⁉　私が帰るまで何時までだって焼き続けるんだから！」

「えーとじゃあ、友達の家でお泊まり会とか」

「友達の家でお泊まりなんて、恋バナしないと雰囲気悪くなるでしょ？　私、君と違って友達減らしたくないからね⁈」

何気に失礼な奴だ。そして俺には減る友達もいない。

なんと言って断ろうか悩む俺を、八奈見がジト目で見つめてくる。

「ねえ、どうにかして私が来るのを阻止しようとしてない？」

「そんなことないって。ほら、普通に友達にわけを話して協力してもらえばいいだろ」

俺の言葉に、八奈見は難しそうな顔をする。

「……なんて言うかな。草介絡みのことに友達を巻き込みたくないんだよ」

「あー、その辺のこと、周りには言ってないのか？」

「わざわざ言わないよね。周りも知ってて触れないようにしてくれてるし。だから、私も普通にしてるの」

八奈見は眩しそうに目を細める。

「こう見えて私も気を使ってるんだよ？」

「俺にも気を使ってくれていいんだけど」

思わず突っ込んだ俺に、八奈見がポツリと呟く。

「だって……こんな話できるのって温水君くらいだし」

「え……あ、うん」

同じようなこと前にも言われた気がするが。

これ以上断るのも忍びない。俺は仕方なしにスマホを取り出す。

「一応、先輩に聞いてみないと。八奈見さん、部員じゃないだろ」

「入る！　今すぐ入るから、月之木先輩の連絡先教えてくれる？　私から頼んでみる」

「連絡先、部のグループＬＩＮＥなら分かるけど。教えようにも、八奈見さんのＩＤ知らないぞ」

八奈見はキョトンと俺を見返す。

「クラスのグループから追加するだけだよ」

ああ、クラスのグループね。クラスの……。

「え、そんなのあるのか？」

「……あれ？」

しばらく無言だった八奈見は何かを思い出したのか。気まずそうにスマホに視線を落とした。

「あー、なんかごめんね。えーと、なんて言えばいいのか」

八奈見の目が泳ぐ。

「でもこういうのって温水君らしいっていうか、個性の一つじゃないかな。うん」

なんだその慰め方。個性って言葉、そんなに万能じゃないぞ。

「大丈夫。俺、そんなに気にしてないし。ＬＩＮＥも最近使い始めたとこだから」

「そ、そうだよねー。個性だよねー。じゃあ、私とＩＤ交換しようか。やり方分かる？」

「任せてくれ。フルフルとかあるんだろ？」

文芸部でグループに入れてもらった時は良く分からなくて、スマホごと月之木先輩に渡してやってもらったが。俺もネットで調べてきたのである。

「なにそれ？　そんなのないよ」

「え？」

ないって？　フルフルが？　あいつどこ行った？

「ほら、ＱＲコード出してくれるかな」

それって……どうすんだ。戸惑う俺のスマホを勝手につつく八奈見。

「はい、私から申請したから。承認を押して」

「あ、うん。これで相手先が追加されるのか」

「そ。で、温水君が私を文芸部のグループに招待して」

俺が恐々と操作を終えると、八奈見は満足そうに頷いた。

「それはそうとさ、温水君って檸檬ちゃんとどうして仲良くなったの？」

楊枝の先で唐揚げの残りを数えながら、八奈見。

「俺ら仲良いように見える？」

「なんかあだ名まで付けてもらってたし」

ぬっくんか。なんというか体育倉庫で意識が混濁してる時に突然出てきて、そのまま定着した気がするが。そもそも焼塩檸檬と俺の接点と言えば。

「ほら、保健室で会っただろ。Ｄ組の綾野光希」

「ああ、檸檬ちゃんがラブ光線を送ってた人。結構カッコ良かったよね」

「綾野が文芸部に本を借りに来るって話になってさ。彼女に間に入ってもらってたから」

ふうん、と呟くと八奈見は唐揚げとブロッコリーをまとめて口に放り込む。

「ねえ、私もぬっくんって呼んであげようか？」

え、なんでまた。

「一日、５０円」

キラキラ光る八奈見の目から、俺は視線を逸らした。

「大丈夫。間に合ってるから」

……佳樹(かじゅ)、これが噂のオプションってやつか。

◇

５限も終了。俺は休み時間を潰すため、人目を避けて廊下を歩いていた。

次の授業が終われば部室で明日の合宿の話をしなくちゃだし、確か綾野と焼塩も来るんだっけ。俄(にわ)かに忙しくなってきたな。先週までの静かな日々が懐かしい。

俺は校舎から外に出る。グラウンド横の水道はいつも体育終わりの生徒たちでごった返している。

いつもなら、だ。俺は悠々と蛇口をひねる。プール期間のみ、ここの水道は無人の穴場と化す。教室からの適度な距離。なにより屋外に位置することからくる目的地感は、他の手洗い場とは一線を画す。

土臭い水も一興だ。俺はぬるい水を飲むと、口元を拭いながら顔を上げた。

……見知った顔が目の前で同じく口を拭っている。

「ぬ、温水、どうしてここに」

向かい側の蛇口で水道水に興じていたのは小鞠知花(こまりちか)。なんか本気で迷惑そうな顔をしているぞ。

「ちょっと喉が渇いたから水を飲もうと思って」

「わ、わざわざ、ここまで来て？」

小鞠は馬鹿にしたような顔をする。なんだこいつ、癇に障る奴だな。

「お前だって同じようなもんじゃん。教室に居づらくて水を飲み歩いてんだろ？」

「う、うるさい。わ、私はちゃんと、手洗い場の研究、的な感じで飲んでる、から」

ほう、研究だと。俺は内心ほくそ笑む。目の前にいる男を誰だと思っている。

「小鞠よ。俺もこの学校の水についてはうるさくてな。言うからにはそれなりの考察はしているんだろうな」

「じゃ、じゃあ、今日の午前、どこの水飲み場、行ったんだ？」

すっと真剣な眼差しになる小鞠。水道遊戯、バトル開始だ。

「１～２限の早い時間はもっぱら、四階東の３年教室脇だな」

「そ、その心は？」

「建物全体に言えることだが、その時間帯に水道管に残っているのは前日の水だ。カルキが少なめな上、夏場でも朝ならまだ水温が上がっていない。良いコンディションで四階の水を飲むことができる」

小鞠が小さく、ほうと呟く。

「水はタンクからの距離が近ければ近いほど良い。ただし、鮮度はカルキ臭とのトレードオフだ。この時間のみに飲める、鮮度とカルキ臭のバランスの取れた逸品だ」

言い終えた俺は得意げに髪をかき上げる。完璧だ。

しかし、勝利を確信している俺をあざ笑うかのように、小鞠は白い歯を見せた。

「ふ、ふふ。あ、浅い」

「なに？　どういうことだ」

「よ、四階東側は、あ、あえて、昼休み、昼ご飯直前」

昼休みだと？　上層階は遅い時間には適さないはずだ。

「何故だ？　昼にもなればカルキ臭が強いし、水もぬるい」

「し、素人。あ、温かいほうが、胃に負担がすっ、少ない」

勝利を確信した小鞠の表情。俺は旗色の悪さを感じながらもまだも食らいつく。

「なっ⁉　し、しかしカルキ臭はどうしても――」

「む、むしろ、カルキ臭で鼻を慣ら、慣らす」

「慣らす？」

なぜ昼飯前に鼻を慣らす必要が。……まさか。

「ト、トイレの匂いが、気に、ならなくなる……」

「っ⁉」

嗚呼(ああ)、それは聞きたくなかった。

「せめて部室で！」

「ひ、昼休みに部室の使用は、禁止。授業さぼる人、いたから」

誰かのちょっとした怠け心が、こんな悲しみを生んだのか。

「小鞠(こまり)。昼飯、俺が食べてる場所にこないか？」

「うえっ⁈」

なんだよその反応。相変わらず失礼な奴だ。

「一緒に食べようってんじゃない。旧校舎の非常階段が誰も居なくて快適なんだ。俺と違う階で食べればいいだろ」

「か、考えとく」

小鞠は俺の顔を見ず、急ぎ足で立ち去った。まあ、あんな感じではあるが、初対面の時よりは少し慣れてくれたのか。何しろ今、スマホを使わずに話ができたし。

……あ、やべ。次の授業が始まる。

俺は小鞠に続いて校舎に飛び込んだ。

◇

その日の放課後の部室。

焼塩(やきしお)と一緒に訪ねてきた綾野光希(あやのみつき)は、安部公房全集の最終巻を手に取った。

「改めて見ると壮観ですね。どれを借りようかな」

それを見ながら、月之木(つきのき)先輩は満足気(げ)に腕を組む。八奈見(やなみ)の入部だけではなく、綾野と焼塩、二人の見学者を迎えて先輩はすっかり上機嫌だ。

「遠慮しなくていいよ。好きなだけ借りていきなさい」

「先輩はこれ、全部読んだんですか？」

綾野は目録を見ながら、背表紙を順に指で撫(な)でていく。

「安部公房は砂の女と箱男しか読んでないな。壁はカルマ氏の冒頭で断念した」

「それ、全体の冒頭じゃないですか」

冗談と受け止めたか、綾野は笑いながら一冊を選び取る。

「じゃあ今日は十二集をお借りします」

後ろで眺めていた焼塩が、不思議そうに綾野の手元を覗き込む。

「光希、途中から読んだら話が分かんなくなんない？　1巻から借りないと」

こんなことを言い出した。

「え？　ああ、そうか。なくなんないから大丈夫だよ。これ、全体で一つの続き物じゃないから」

「へえ、そうなんだ。ワンピースとはちょっと違うんだね」

「そうだな、少し違うな。これにはちょっと読んでみたい戯曲が収録されててさ」

こいつ、焼塩の扱い上手いな。朝雲の存在は気になるが、この二人は意外とお似合いなのかも。

俺は注意を八奈見に移す。『新入部員』と書かれた紙の王冠を被った八奈見は、鼻歌交じりでポッキーを食べている。接待の首尾は上々だ。

「それはそうと綾野君。文芸部に興味はないかな？」

満を持して勧誘を始める先輩。

「気にはなりますけど。塾が忙しいし、活動に加われなくて迷惑かけるかなと」

「いやもう全然。全っ然。気が向いた時に本借りに来るだけでもいいし。部活動は温水君に全部任せて、君はこの本棚を好きにしてくれていいんだ。更に言えば」

月之木先輩は怪しく眼鏡を光らせる。

「うちら代々、図書委員も出してるからね。図書室の新刊入荷に顔が利くよ」

「え、マジですか」

「マジマジ」

「じゃあ、考えておきますね」

本音までは分からないが感触は良さそうだ。入部案内を受け取った綾野は興味深そうに読みだした。

「そっちの可愛い彼女さんも一緒に入ってよ」

セットで狙いに来たか。月之木先輩は今度は焼塩をターゲットに捉える。

「えっ?!　あ、あたし？　彼女ってあたしのことですかー？　いやー、参ったなー」

焼塩は上機嫌で案内を受け取る。

「でもあたし、陸上部入ってるから難しいかなーって」

「うち、兼部大歓迎。つーか部員全員、兼部してるから」

マジか。俺、何の部活に入ってるんだ。

「陸上部さぼりたい時にさ、うちを利用するって手もあるよ。いやー、部長に言われて仕方なくー、とか」

悪魔の囁きだ。月之木先輩、凄く悪い顔をしている。

「ね、楽しい学校生活。使えるものは使っていかないと。ねえ、彼氏さんも彼女と会う時間が増えれば嬉しいでしょ？」

「え？　光希も嬉しいの？」

目を輝かせて身を乗り出す焼塩。いやお前、彼女っての否定しろよ。

「はは、檸檬に悪いですよ。俺たち、付き合ってないですから」

綾野は借りた本を大事そうにカバンに入れる。

「あれ、そうなの？」

「こいつ昔から結構モテるんで、俺なんかじゃ釣り合わないですって」

爽やかにそう言うと、綾野はカバンを肩にかける。

「じゃあ、本をお借りします。塾のない日にまた――」

「あたし、彼氏とかいないし！　モテたって誰でもいいわけじゃないしさ！」

焼塩は言うなり、綾野の服を摑んで詰め寄った。綾野は目をしばたかせ、戸惑ったように彼女の小麦色の顔を見つめる。

「そ、そうか……。悪い、俺なんか変なこと言ったか？」

「そうじゃないけど。あの、あたし……ごめん」

二人の間の微妙な雰囲気に気付いたのかどうか。月之木先輩はキョロキョロと二人を見比べたあげく、

「あれ。やっぱ二人、付き合ってないにしてもそんな感じなの？」

なんか余計なことを言った。この先輩、意外とポンコツか。

「え、ややや、そんなんじゃないですって！」

「だから違いますよ。俺、彼女いますし」

何気ない綾野の言葉に、焼塩の照れ笑いが一瞬の内に凍り付く。

「ん、あれ？　皆さん、どうしました？」

戸惑う綾野(あやの)。

ガチャ。部室の扉が開いた。

「こ、こんにち」

小鞠(こまり)は部室を見回すと――

「檸檬(れもん)。俺、なんかまた変なこと言ったかな？」

ガチャ。そのまま扉を閉める。逃げやがった。

「え、あの、光希(みつき)。カノジョ、できた……の？」

何とか再起動に成功した焼塩(やきしお)が声を絞り出す。

「ああ、つい最近。檸檬にはまだ言ってなかったよな。今度紹介するから」

綾野光希は照れたように頬(ほお)をかくと、ぺこりと頭を下げた。

「すいません、自分の話ばっかりしちゃって。俺、退散しますね」

「綾野、ちょっと。彼女ってひょっとして朝雲(あさぐも)さん？」

一応、聞いておかねば。

「ばれてたか。まあな、今度改めて温水(ぬくみず)にも紹介するよ」

相変わらず爽(さわ)やかに微笑むと、クルリと焼塩に向き直る。

「じゃあ檸檬、行こうか」

「へ？」

「買い物に付き合って欲しいんじゃなかったか？　塾までまだ時間あるから」

邪気のない瞳。綾野の奴、まさかの鈍感系キャラだ。

「あ、あの、あたし、急に用事が出来たって言うか。えーと、文芸部に入ることにしたから、ちょっと残っていこうかと」

「そうなんだ。それじゃ、お先に」

一礼すると立ち去る綾野。……この空気、どうすればいいんだ。

永遠とも思える沈黙の中。力無くへたり込もうとする焼塩に慌てて椅子を差し出した。

間一髪で椅子に座った焼塩は、俺に向かって手を差し出す。

「え、何？」

「入部届、ちょうだい」

焼塩は入部届に名前を書きながら、ぶつぶつと呟(つぶや)く。

「あれー……光希……彼女いたんだー……あはは……あたしって……今まで何してたんだろうね……」

うん、空回りしてたんじゃないかなー。言わないけど。

八奈見(やなみ)がストン、と『新入部員』の王冠を焼塩の頭に被せる。

「えーと。とりあえず、お疲れ様」

「……はい。あたし、お疲れです」

焼塩は八奈見のお腹に両手を回すと深く顔をうずめる。

すすり泣きが聞こえる前に、俺は月之木先輩を引っ張って部室を出た。

「あの……私、なんかやっちゃいました？」

この展開にようやく追いついたのか、恐る恐る部室を振り返る月之木先輩。

「はい、やっちゃいました。猛省してください」

俺はスマホを取り出すと、溜息まじりにメモを確認した。

「あの、明日の合宿ですけど。電車とバスの時間調べておいたので、あとでグループに送ります。集合場所は愛大前の改札で良かったですよね」

「うん。でもちょっと、温水君」

「必要な持ち物は、改めてみんなに最終版を送って下さい。それと部長から返事ないですけど、念のため確認してもらっていいですか？」

「温水君、いやほら。今、部室で色々起こったじゃない？　そんな話は後でだね」

「もうちょいソフトランディング狙えたところを、一気にぶち込んだの先輩ですからね？」

「うっ……。君、結構はっきり言うね」

なんとなくだが。この人、はっきり言わないと分からない系だと思うし。

「自分がここで様子見てますので、先輩は他に行っててもらっても――」

あれ。なんか廊下の陰から小鞠が半分顔を出している。こっちが気になるのか。

「すいません、先輩。小鞠をどうにかしてやってくれませんか」

「うん、それなら得意。任せといて」

月之木先輩は指をワキワキさせながら小鞠に向かっていく。ハッとして逃げ出す小鞠。追いかける月之木先輩。

嗚呼（ああ）、色々と面倒だ。ボッチってのは消極的な面だけではない。トラブルから距離を置く積極的な選択肢でもあるのだ。

壁に寄りかかってスマホを眺めていると、八奈見からメッセが届く。

帰りにお茶をしてくのか。好きにすればいいけど、なんで俺まで誘ってきたのか。

断りを入れようとした俺は、続けざまのメッセに思わず画面を二度見した。

誘われた店は学校から少し離れた場所にあるファミレス——そう、八奈見がつい先日振られた場所である。

◇

「いらっしゃいませーっ！　お好きな席にどうぞーっ！」

明るい店員の声とファミレスの店内は、いつもと変わらず俺たちを迎えてくれる。俺たち三人が来たのは学校から歩いて２０分。少し離れたところにある隣町のファミレス。

八奈見はソファ席に腰を下ろすと、隣の席をポンポンと叩いた。

「檸檬ちゃん、隣どーぞ」

「うん、ありがと」

素直に座る焼塩は、心なしかしおらしい。いつもこうなら綾野相手にもワンチャンあっただろうに。

「八奈ちゃん、こんなところに店があったんだね」

「でしょ。意外とツワブキ生いないし、穴場かなって」

楽しそうにデザートメニューを眺める八奈見の姿を俺は思わず凝視する。

……ここってお前が袴田草介に振られた店だぞ。なにこいつの強メンタル。普通、振られた友人を慰めるのに、自分が振られた店に連れてくるものなのか。

「どうしたの、温水君。メニューも見ずに」

「だってこの店――」

「ん？　この店がどうしたの？」

八奈見が不思議そうに首を傾げる。

「い、いや別に。ちなみに食べた分は自分で払う感じで」

「あたりまえでしょ、温水君」

まあ、本人がいいならそれでいい。八奈見がチャイムを鳴らす。

「傷心の女の子を前にお金の話とかデリカシーないんじゃないかな。檸檬ちゃん、今日は私たちの奢りだよ」

八奈見にデリカシーとか言われるのは微妙に納得いかないが。つーか何気に私たちって言ってるし。

「まあいいよ。焼塩さんの分は俺と八奈見さんで割り勘ってことで」

「え、でも悪いって」

「俺からは文芸部の入部祝いってことで。好きなもの食べていいよ」

「檸檬ちゃん、今日は私たちに甘えちゃいなよ」

言ってから、八奈見は不思議そうに首を傾げた。

「……あれ。私も今日、入部したんだけど」

「八奈見さんはまたの機会に。あ、注文お願いします」

こいつを甘やかすとろくなことにならない。デザートメニューを手に、何故かハンバーグを注文したたし。

「あ、ライスは普通盛にしてください」

「八奈見さん、夕飯前だけど大丈夫？」

「知らないの？　甘いものってダイエットの大敵なんだよ」

夕飯前にハンバーグってダイエットの味方なのか。

焼塩はデザートメニューを指差す。

「じゃあ、あたしはブラックサンダーパフェで」

「なにそれ?! 私も食後にそれ！」

すかさず八奈見も追加注文。甘いものは敵じゃなかったのか。

「あと、山盛りポテトとドリンクバー三つ。八奈見さんは自分の分は自分で払うんだよ」

大事なことだから何度でも言うぞ。

「分かってるよ。温水君、そういうとこだよ。友達いないの」

連れだってドリンクバーに向かう二人の背中を眺める。

八奈見はどうやら平常運転。安心したが少し拍子抜けだ。

結局二人の愚痴を聞きながら、ハンバーグが八奈見の胃にしまい込まれるのを見ているばかりの1時間だった。

それでも最後は焼塩にも時折笑顔が戻ってきたし、これはこれで良かったんだろう。

「焼塩さん。会計は俺たちで済ますから、先に外で待っててくれるかな」

レジの順番待ちの中、焼塩を先に送り出す。八奈見が意外そうに俺を見る。

「へえ、温水君。割と気が利くね」

「別に普通だろ。ほら、負けヒロインには優しくしないと――」

「――マケ?」

……ん？　なんか俺、油断してヤバいこと口走らなかったか。

「えっと、ほら……負け……」

「マケなんとかって何の話？　ねえ」

八奈見は不審そうに顔を覗き込んでくる。俺はフクロウばりに顔を逸らす。

「ほら、えっと……負け……マケ……インって人がいたじゃん」

「誰？　友達？」

んなわけあるか。

「確かアメリカの偉い政治家だよ」

「なんでいきなりそんな話を？」

全くである。

助けを求めて辺りを見回すと、壁に『アメリカンバーガーフェア』のポスターが。俺の視線を追った八奈見が、ポンと手の平を叩く。

「なるほど。次はハンバーガーを食べようってことだね。うん、楽しみにしてるよ」

つまり次こそ奢れということか。しかしあの失言をチャラに出来るなら背に腹は代えられぬ。

俺はレジの順番が来たので伝票を店員に渡す。

「ね、温水君。そういえば今日の昼ごはん、清算してなかったよね」

「そうだった。えーと、５００円でどうかな。美味しかったし」

「はい、５００円頂きました！」

　嬉しそうに手を合わせる八奈見（やなみ）。

　えーと、貸してるお金の残額が2，３６７円で、昼飯が５００円だったから……よし、残り1，８６７円だな。

　ちなみにレジの合計金額は、借金の総額を軽く超えている。

「ホント、奢（おご）りじゃないから。八奈見さんの借金まだ残ってんだし」

「しつこいなあ。前から言ってるよね、そういうとこだよ温水（ぬくみず）君。あ、私Tポイントカードあるよ」

「じゃあ焼塩（やきしお）さんの食べた半分と俺の分。丁度あるから」

　俺はトレイに小銭を並べる。

「了解。えーと残りは……」

　財布を開いた八奈見の動きがぴたりと止まる。

「ん、どうした？」

　まさかお金が足りないなんてことはないよな。いくら八奈見といえども、それじゃただの馬鹿じゃないか。

　ふるふると細かく震え出す八奈見。

「まさか、お金が足りないなんてことは」

八奈見は顔を上げると、うるんだ瞳で俺を真っすぐ見つめてくる。

「あの……温水君……」

こいつひょっとして……ただの……馬鹿……？

俺は黙って千円札を差し出した。

《本日の貸付金残高：2，867円》

Intermission　モヤモヤの正体　先生が教えてあ・げ・る

『……でも、さっきの二人ってデキてる雰囲気じゃなかったか？』

『『は？』』

夜も深まる保健室。養護教諭の小抜小夜はイヤホンから流れる声を聞きながらノートに何かを書き付けている。

『檸檬ちゃんのこと、なんか他人のような気がしないんだ。応援するよ』

『ありがと！　何だか元気出てきた』

ページの真ん中に書いた温水の名前を丸く囲うと、焼塩と八奈見の名前の間に線を引く。

「三角関係……ね」

あの日、スマホの盗撮はバレたが、ボイスレコーダーまでは気付かれなかった。

さて、この会話をどう捉える。

三角関係にも関わらず女子二人は仲が良さそうだ。一部会話の流れが分からないが、二人の間に牽制し合うような空気は感じられない。

そうなると考えられる可能性はこのあたりか。

①温水と焼塩は八奈見の目を盗み、バレるギリギリのプレイを楽しんでいる。

②八奈見公認で、焼塩もプレイに加わっている。

小抜はペンをクルリと回し、項目を一つ書き足した。

③むしろ八奈見は、二人の浮気を見て見ぬふりをすることに悦びを感じている。

書き終えるなり、小抜は身を震わせる。

（なにそれ、レベル高すぎだわ……！）

あの温水とかいう男子、地味な見た目で結構なやり手だ。

自分が学生だった頃は精々が二股三股で修羅場を演じたくらいだ。まさか高1にして、その先の世界に足を踏み入れるとは。

「私も年を取ったわ……」

ぐおん、とエアコンが音を立てる。椅子の背もたれに身体を預ける。天井を見ながら物思いに耽っていると、砂を蹴る微かな音が聞こえた。

　昼間なら雑多な音に紛れて気付かぬ音だ。小抜は身体を起こした。頭のスイッチが教師に切り替わる。こんな時間まで残っている生徒がいるのなら注意をしなくては。

　窓から外を覗く。暗いグラウンド。制服姿の女生徒がクラウチングのフォームから弾けるように飛び出した。闇に溶けるように走る姿に一瞬見惚れる。

「そこのあなた、こんな時間に何をしてるの」

　急いで出てきたので突っ掛け姿だ。小抜は少女の姿を見ると驚いた。これも偶然なのか。

「あらあら、この間の」

「あれ、先生。こんな時間にどうしたんですか？」

　少女は反対に尋ねると、屈託なく言葉を継いだ。

「今日って金曜日の夜ですよ」

「……先生にも色々あるの」

　週末の夜、盗聴データのチェックをしていたなんてとても言えない。

「それに、それはこっちのセリフです。もう9時回ってますよ」

「なんだか急に走りたくなっちゃって。今日、部活も休んじゃったし」

　カバンからスポーツドリンクを取り出し、グイと飲む。

「さあ、もう帰りなさい。それとも途中まで送ろうか？」

「先生。最後に１００ｍもう一本、いいですか」

「あなた、まだ走るの？」

苦笑する小抜に、少女はただ楽しそうな笑顔を向けた。

「次、なんだかいい走りが出来そうなんです」

汗を拭うのも忘れて夜闇の先。ゴールを見つめる。

「なにか、摑めそうなんです」

自分が彼女の年で、打ち込めるなにかがあったのなら。違った青春を送っていたんだろうか。

「いいわ。走りなさい」

もちろん、後悔しているわけじゃない。

「ただし、全力で」

目の前の彼女が眩し過ぎるだけだ。

小麦色の少女は今日一番の笑顔で応えた。

「もちろん！」

～3敗目～　戦う前から負けている　小鞠知花の撤退戦

翌日の合宿初日。抜けるような青空だ。

今年は空梅雨だったとテレビで言っていたが、そういえば梅雨明けはしたんだっけ。

我ら文芸部一行は電車とバスを乗り継ぎ、今日の宿からほど近い白谷海水浴場にいた。

俺は砂の熱さに戸惑いながらレジャーシートを広げた。場違い過ぎて頭がフワフワする。

「なあ、温水。それにしても大手柄だぜ」

上機嫌で砂浜にパラソルを突き立てるのは、久々登場の玉木部長。合宿中、俺が女子の中に一人放り込まれるのを防いでくれた恩人でもある。

「はあ、なにがですか」

「八奈見と焼塩だよ。あんな可愛い子二人を連れてくるとはな」

そわそわと更衣室を振り返りながら、

「しかも突然海水浴に行きたいなんて――」

「すいません、八奈見さんが勝手に」

「――本当にありがとう！　恩にきるぞ！」

俺の手を摑んでブンブン振り回す。

「え？　海水浴、そんなに好きなんですか」

「水着だよ、水着。女子部員四人の水着姿とか、激レアだぞ？」

「でも二人とは同じクラスだから、水泳の授業で見てますよ」

「なに言ってんだ。指定水着とプライベートの水着は別物だ」

デザインとか露出度とか多少は違うかもだが。

ピンと来ない俺に、部長はヤレヤレと肩をすくめる。

「いいか、授業で着る水着は決まった物だし、必要に迫られて着るものだ」

そりゃそうだ。

「それに引き換え、プライベートの水着は『好きで着てる』んだ。その違い、分かるか？」

「……もう少し詳しく、お願いします」

話が段々興味深くなってきた。

「普段の生活では、女子は肩や太腿（ふともも）の露出すら恥ずかしがっている。ヘソなんて出そうものならビッチ扱いだ。それが海水浴という大義名分を得ただけで、下着にも等しい露出を自ら行う」

玉木部長は拳を握りしめ、感極まったように空を見上げた。

「じろじろ見ても許される……。いや、むしろ見なければ失礼に当たる、と言えないだろうか」

なるほど。一理ある。これが夏の魔法というやつか。

「理解しました。俺の考えが足りませんでした」

「分かってくれるか」

「ただ今の話で一つだけ。気になることがあるんです」

「構わない。言ってみろ」

「指定水着は『必要に迫られて』着ると言ってましたが」

「ああ、そう言ったな」

「つまり、意に反して半強制的に肌を晒させられている……。そのような解釈もできませんか？」

「なるほど。その視点さえ持てば体育の時間が更に輝く」

俺の意見に部長は大きく頷いた。

「例えるなら、奴隷市場に並んだ獣人娘を眺めているようなものか。お前、分かってるな」

「いや、その例えは分かりませんが」

そこは仲間にしないで欲しい。

「あんたら、何の話してんのさ」

現れた月之木先輩が部長の耳をグイと引っ張る。

「いてっ！　つーか、古都。ビキニじゃないのか？」

月之木先輩は更に指に力を込める。上がる悲鳴。見れば先輩の水着は胸元をレース地で覆った黒いワンピースだ。

「はーい、馬鹿言わずに海行くよー」

　連行される部長。

「あー。パラソルだ。温水君ありがとー」

「八奈見さん――」

　現れた八奈見は早くもかき氷を手にしている。かき氷への突っ込みより早く、八奈見の白い肌が俺の意識を上書きした。

　彼女の水着はシンプルなビキニだが――いや、シンプル過ぎて露出多くないか？

　連日の食べっぷりにも関わらず意外とくびれたウエスト。その半面、食欲に比例して育った部分が『去年の水着』で覆い切れずにこぼれそうというかなんというか……

「どうしたの。ひょっとして私の水着姿に悩殺されちゃった？」

　似合うとか似合わないとかそんな話ではない。ただただ、神にお礼を言う他ない。

「え、いや、そんな。俺、見てないし」

　我ながら何だその嘘。八奈見はご機嫌でパラソルの影に陣取った。

「私、しばらく食べてるから海行っといでよ」

「えー、八奈ちゃんも行こうよ！　海、綺麗だし！」

　続いて現れた焼塩はビーチボール片手、ワクワクを抑えきれずに海を見ている。

　彼女の水着もビキニだが、肩紐のないチューブトップという奴だろうか。日焼け跡と白い肌のコントラストだけでもあれなのに、水着のトップは正面を紐で留めるデザインなのだ。

そして、紐の間から何が見えるかと言えば――

水着デザイナーには感謝しかない。アマゾンギフトとか送ればいいかな。

「ほら、ぬっくんも行くよ！」

「俺、しばらく荷物見てるよ。八奈見（やなみ）さんは食べるの時間かかるし、焼塩（やきしお）さんだけ先に――」

「ほう、温水（ぬくみず）君。それって私に挑戦してるのかな？」

……挑戦？　なにそれ。尋ねる間もなく、八奈見はかき氷を一気にかき込む。

「食べ終わった！」

「え、もう？」

「かき氷は飲み物だよ温水君――って、にゅあああっ！」

後頭部を押さえながら丸くなる八奈見。

「ほらもう、冷たいのを急いで食べるから」

「大丈夫？　八奈見ちゃん」

「だってぇ、頭がキーンって……」

涙を浮かべて訴えかける八奈見。

薄々勘付いてはいたが、やっぱりこいつちょっとアホの子ではなかろうか。

「痛いの治ったら八奈見さんも行ってきなよ。俺、ここにいるし」

「ありがと、もう大丈夫だから行ってくるね」

「ぬっくんも早くおいでよーっ！」

砂を蹴り上げ、波打ち際に走る二人。焼塩がビーチボールを部長の背中に思い切り投げつける。こいつ、部長とは初対面じゃなかったか。

後ろ姿を目に焼き付けながらも、心の隅に引っ掛かりが。なにか忘れてる気がするな……。

考える俺の背中を無遠慮に蹴る素足。

「ぬ、温水。し、視線が、いやらしい」

ああ、こいつのこと完全に忘れてた。

小鞠は長袖のパーカーに身を包み、レジャーシートの離れた場所に腰を下ろした。

「お前はみんなの所に行かないのか？」

「わ、私は、ここでいい」

部長は女の子三人に囲まれて見たことないような笑顔をしている。心の底から楽しそうだな。なんかでっかいシャチのフロートまで出してきたし。

はしゃぐ一行をなんだかイラついた顔で眺める小鞠。

「折角なんだし、部長のとこ行ってくれればいいのに」

「よ、余計な、お世話」

小鞠はジップロックに入ったスマホをいじり始めた。ふと、顔を上げずに話し出す。

「そ、そもそも。温水は、や、八奈見のこと好きなのか？」

「え？　なんで？」

そんなこと考えたことなかった。だってあいつはまだ袴田草介が好きで、振られたばかりで。

「だ、だって、いつも一緒にいるし」

「そりゃ、俺と一緒の時しか八奈見さんと会ってないからじゃないか」

んー、男と女が二人でいれば外からはそう見えるのか。

相変わらず教室では会話どころか挨拶もしない。俺たちが知り合いと知っている人もクラスじゃ焼塩くらいじゃなかろうか。

「そもそも八奈見さんとの接点もここ最近、用事が出来ただけだし。これで惚れてたら『話しかけられただけで好きになる男』みたいじゃん」

「え」

なんか小鞠がパーカーの前をかき合わせて、俺からズリズリ離れようとする。

「……だから、『話をしたくらいじゃ惚れない』って意味だからな」

大概失礼な奴だ。と、パーカーの裾から覗く小鞠の水着。

「あれ、指定の水着なんだ」

「きっ、昨日の今日で、水着、ないし」

小鞠は俺をじろじろ眺める。

「温水(ぬくみず)。あ、慌てて、水着買いに行った、だろ？」

「はは、馬鹿な。ちょっとダサいけど去年のを」

「だ、だって、タグが付いたまま」

?!　しまった。慌てて手探る俺の姿に小鞠(こまり)が悪魔のような笑みを見せる。

「……ああ、そうだよ。昨日帰りに買いに行ったよ」

畜生、小鞠め。俺は拳を握りしめる。

「女子と海水浴だぜ。俺だって、ちょっとくらいはワクワクするよ」

女子枠の小鞠に言うことかは分からんが。小鞠の見下す視線が俺を刺す。

「お、泳ぐとか、授業と同じだろ」

「授業と違って遊びじゃん。はしゃぐのは普通だろ？」

「想像して、みろ。た、例えば、友達と遊ぶとして、だ」

うん、その時点で想像できない。俺の表情を見て察したか、言い換える小鞠。

「じゃ、じゃあ、誰かを友達料払って、連れてきた、とする」

途端にあふれ出るリアリティ。

「なにして遊ぼう、という時に、ボール遊び……するか？」

「しない」

即答だ。

「み、水のかけっこ、するか？」

確かにそれもしない。だがしかし。

「……小鞠。前提条件が一つ漏れている」

八奈見（やなみ）たちは、はしゃぎながらシャチのフロートに乗っている。

焼塩（やきしお）が立とうとして落ちた。大きく上がる歓声と水飛沫（しぶき）。

「ぜ、前提……条件？」

「その友達が女の子で、更に水着姿だということだ」

友達料、という設定が急に色を帯びてくる。

「するよね、ボール遊びも水のかけっこも」

俺は意を決して立ち上がる。小鞠の奴がドブを見る目で俺を見る。

「じゃ、じゃあ、とっとと行って、来い！」

俺は熱い砂の上に大の字で寝ころび目を閉じた。

……生涯、この日を忘れることはないだろう。『若いころ、水着の女子と楽しく遊んだ』という事実が、この先の孤独な人生を支えてくれるはずだ。

額の上に冷たい感触。八奈見(やなみ)が紙コップのジュースを皆に配っている。

「やっぱ水分取らないとね。ね、みんな昼ご飯どうします？」

割り箸を割りながら八奈見。思わず膝の上の焼きそばに視線が留まる。それ、昼飯とは別なのか。

髪を結い直しながら、月之木(つきのき)先輩が皆を見回す。

「何か買ってきてここで食べようか。何がいい？」

視線を交わし探り合う中、八奈見の手が上がる。

「じゃあ、焼きそばはどうでしょう」

確かにソースの匂いは食欲をそそる。匂いを嗅げば食べたくなるのは当然だ。

「……八奈見さん、今食べてるの焼きそばだよな」

「これ、妥協して空(す)いてるとこで買ったら外れだったの。一番端っこの店が当たりだって、私の直感が囁(ささや)いてる」

ズルズルと食いながら、八奈見。当然、もう一個食うつもりだ。

「じゃああたし買ってくるよ」

身体(からだ)を拭いたタオルを投げ捨てると、焼塩(やきしお)が勢い良く立ち上がる。

「じゃあ頼む。温水(ぬくみず)、ついて行ってやってくれ」

部長はそう言うと、油断なく辺りを見渡した。

「女子だけで買い物に行くと高確率でナンパイベントが発生するからな。イベントの目は早めに潰しておくに限る」

「それ、二次元の話ですよね」

まあ用心に越したことはないけど。

焼塩と二人、砂浜を横切っていく。水着姿の可愛い女の子と並んで歩くって緊張もするが、いいもんだなあ。……なんだこの小学生並みの感想。

「昨日遅くなったけど、ちゃんと帰れた？」

「もちろん。部活帰りに寄り道すると、いつもあのくらいの時間だしさ」

途切れる会話。そういや昨日の話とかご法度だよな。こんな時、自分のトーク力のなさに絶望する。

「あれ、ひょっとして昨日のこと、気を遣ってくれてる？」

気まずく黙る俺の顔を焼塩がのぞき込む。

「なんというか。俺が余計なことして、却って落ち込ませちゃったかなって」

「まあ、そりゃさ。落ち込んでるし、その気になれば2秒で泣けるよ？　でも、そーゆーのって違うじゃん。泣く泣かないって自分の話だし、今はみんなで遊んでるんだし」

焼塩は口元だけで笑って見せると、足で大きく砂を飛ばした。

「あいつ、鈍感なくせに彼女だけはちゃっかり作ってるんだもんなー」

「確かに綾野、カッコいいし頭もいいしな」

「だよねー！　それだけじゃなくてさ、話も面白いし、誰にでも優しいし——」

そこまで言って、焼塩はがっくり肩を落とした。

「……何年も前から一緒にいたのにさ。全然女の子として見られてなかったってことだよね？」

「えーとまあ。そうかもしれんが。いい意味で、だと思うぞ？」

「いや、そのフォローはおかしい」

真顔で突っ込んでくる焼塩。うん、俺もそう思う。

「焼塩さん。えーとまあ、その……今日は色々忘れて楽しもうか」

「うん、そだね」

焼塩はピタリと足を止めると、俺に白い歯を見せて笑いかける。

「へへへ」

「……え、なに？」

笑顔のまま、いきなり手を繋いでくる。

ええっ!?　なにっ?!

「よしっ、走るよ！」

なにそれ。戸惑う俺の手を摑んだまま走り出す焼塩。俺も慌てて走り出す。

「ちょっ、待っ！」

うわ、何だこの速さ。力一杯手を引かれて肩が抜けそうだ。

いやもう無理。全くついていけない。俺は足を取られて顔から砂に突っ込んだ。手を摑んだままの焼塩を巻き込んで。

「ぬっくん、遅っ！　いくらなんでも遅いって！」

「いやいや、焼塩さんが速すぎるだけだって！」

砂まみれで起き上がる俺を見て、焼塩は寝転んだまま笑いだす。

「あんなに遅いのにっ！　メッチャ砂まみれってウケる！」

腹を抱えてケタケタ笑う焼塩。

「はあっ?!　俺が遅いのと関係ないじゃん！」

なんだよそんなに笑いやがって。

腕で顔を拭うが、却(かえ)って顔全体に砂を擦(す)り込む結果になった。

「うわ、止めて！　お腹痛い――」

息も絶え絶えに笑い転げる焼塩。俺は無言で砂を払う。

「あー……笑った笑った」

砂まみれの目元から涙を拭う。

「……焼塩さん、さっさと昼飯買いに行こうよ」

「呼び捨てでいいよ。タメじゃん」

寝転がったままの焼塩(やきしお)は俺に両手を差し出す。

「ほい」

「ん？　どうしたの、虫でも居た？」

焼塩は目をぱちくりしばたかせると、砂を払いながら立ち上がる。

「ホント。八奈ちゃんの言う通り、そーゆーとこだなー」

「そういうとこって？」

焼塩は俺の胸を軽くトンと叩く。

「女の子ってのはさ、甘えたい時もあるんだよ」

「へえ、そういうものなのか」

勉強になるなあ。素直に相づちを打つ俺。

「本当、そーゆーとこだね」

焼塩は目を丸くして俺を見つめると、もう一度呟(つぶや)いた。

だからどういうことだってば。

◇

「お待たせ、買ってきたよー」

「おい、焼塩。振り回すなって」

砂にまみれつつゲットした『端っこの店』の焼きそば。

「もう、二人とも待ちくたびれたよ」

嬉しそうに受け取る八奈見はすでに一つ目の焼きそばを攻略済だ。

にも関わらず食後感をまるで感じさせないのは、さすが安定感に定評のある八奈見杏菜である。焼きそばを配りながら一番量が多そうなのをキープする技術も見逃せない。

「ん、小鞠。食わないのか?」

小鞠は食べるでもなく、指先で不安そうに砂をいじっている。

「ぶ、部長に、小説、読んでもらってる」

へえ、そうなんだ。ようやく文芸部の合宿らしくなってきた。俺は口にくわえた割り箸を割る。

部長は焼きそばを受け取りながら、スマホから顔を上げた。

「読んだよ。うん、良く書けてて面白いと思う。今晩、早速投稿の準備しようか」

「そ、そう、ですか」

ホッとしたようににやける小鞠。

「これ、全部で1万字位だよね。投稿用に推敲しながら3話に分けよう」

「わ、分ける……?」

「ああ。続き物の場合、3〜4千字くらいに分けて投稿するのが一般的なんだ。一気に読み切れて、それなりに読み応えのある分量。あと、タイトルとあらすじが必要だね」

俺は二人の話を聞きながら焼きそばを頬張った。

スパイシーな香りが鼻をくすぐる。なるほど、八奈見が目を付けただけはある。他とは違うこだわりのソースだ。

「タ、タイトルは、もう、付けて、あります」

「うん、いいタイトルだと思うよ。内容を伝えるために末尾に副題を追加するのはどうだろう」

小鞠のタイトルをそのまま使いながら、なろう流タイトルの提案も行うということか。

……それはそうと、こいつは麺も悪くない。業務用スーパーの安物ではなく、恐らくは製麺所から毎日届けられているのだろう。

ふと八奈見を見ると、勝ち誇ったように親指を立ててきた。

「ふ、副題、って、どうつければ？」

「そうだな……。例えばタイトルが『文芸部の海水浴』だとしたら。温水なら、なんてつける？」

「え。俺ですか？」

なにその無茶振り。焼きそばのことしか考えてなかったぞ。水着の女子部員に囲まれて、うかつなことは言えない。

「えーと、『そして誰もいなくなった』とか？」

全力で日和ってみた。部長は大きくうなずく。

「ミステリー要素が売りならそれもありだな。あえて有名な作品名を出すことで、読者の意識を誘導する」

「ぶ、部長なら、なんてつけ、ます?」

「そうだな……。俺の経験によれば『私たち、ここが強制ヌーディストビーチなんて知らなかったんだけど?!』とか、『脱げば脱ぐほどポイントが入るってホントですか?!』とかを付ければ閲覧数がケタ違いに――」

言い終わるが早いか、月之木先輩の手刀が部長の後頭部にモロに入った。うずくまる部長。

「よーし、慎太郎。そこまでだ」

「こ、古都……。あのな、何もお前に脱げと言ってるわけじゃ」

「そ・こ・ま・で・だっ!」

うん、二人ともそこまでにしとこう。なんかイチャつきぶりがちょっとウザいし。

「へーえ。八奈ちゃん、文芸部ってなんか難しいことしてるんだねー」

焼塩がそう言いながら箸で焼きそばの具を探る。

「だね。それはそうと檸檬ちゃん、そっちは肉入ってた?」

「イカはあるけど肉は見当たんないねー」

「肉が欲しいなー」

「欲しいねー」

ガラス玉のような澄んだ瞳で麺を啜る八奈見と焼塩。並ぶと二倍馬鹿っぽい。

「ぬ、脱ぐ……？　脱がせる、の？」

小鞠はスマホを見ながら、何やらブツブツ呟いている。

「小鞠、さっきのは例えだから。小説の登場人物を脱がせなくてもいいんだからな」

「つ、つまり、温水が、ぬ、脱ぐの？」

なんでそうなる。

「脱がない。誰も脱がない。お前もさっさと焼きそば食え」

◇

昼食後の休憩タイム。座っているのに飽きたのか、焼塩がいきなり立ち上がる。

「ビーチの向こう側でイベントやってない？　行ってみようよ」

「……屋台あるかな」

食後の焼きもろこしをかじりながら、ぼそりと呟く八奈見。是非もなし、彼女も続いて立ち上がる。

食べたばかりなのに元気だなあ。何気に顔を上げると、目の前には八奈見のお腹。

「あ、ちょっと八奈見さん。これ、まだ袖通してないから」

俺の差し出した上着を見て、八奈見は不思議そうに目を丸くした。

「上着？　日焼け止め塗ったばっかだから大丈夫、かな」

「いや、その……お腹……」

言って思わず目を逸らす。

焼きそば×２＋焼きもろこし＝ポッコリお腹。

八奈見は俺の手から上着を奪うと、そのまま顔に投げつけてきた。

「う、上着ぐらい持ってるから！　そーゆーとこだよ温水君！」

自前のパーカーを羽織って足早に立ち去った。焼きもろこし片手に。

それを追おうとした焼塩は、スマホを見つめる小鞠に屈託のない笑顔を向けた。

「小鞠ちゃんも行こうよ。今日ずっと座ってるでしょ？」

「ふへっ?!」

目を泳がせ、スマホに返事を打ち込もうとする小鞠の手元を部長が押さえた。

「ぶ、ぶちょっ!?」

「小鞠ちゃん、一緒に行ってきなよ。小説の取材と思ってさ」

「ぶ、部長がそう言うの、なら……」

「いい子だ。古都、お前もついてってやってくれ」

「オッケー。小鞠ちゃん、一緒に行こうか」

手を繋いで後を追う先輩と小鞠。俺は部長と並んでぼんやりそれを見送る。

「女の子だけでいいんですか。ナンパとか」

「古都がいるから大丈夫だよ。あいつはフラグブレーカーだ」

信用しているのか何なのか。部長はスマホを取り出した。

「それに今晩の投稿に備えて準備をしとこうかと思って」

「ああ。そういえば今回の合宿、缶詰でしたね」

俺も何か書かないとなあ。

焦りを感じながらスマホのネタ帳を見ていると、部長からメッセが届いた。何やら文書ファイル付。

「これ、なんですか」

「小鞠ちゃんがどんな小説書いたか気にならないか?」

どこか自慢げな部長の態度。気になった俺はファイルを開いた。

文芸部活動報告　小鞠知花『あやかし喫茶のほっこり事件帳』

水原百合、高校1年生。

ある日の帰り道、彼女は一匹の獣を見かける。

「狐……？」

彼女が目を奪われたのはその毛色。白銀色に光る美しい姿に、百合は思わず後を追った。

見慣れぬ通りに迷い込んだ彼女の前に、ツタで覆われた一軒のカフェが現れる。百合は吸い寄せられるように扉を開けた。

「すいません、道を教えて欲しいんですけど」

中にはコック服を着た長身の男。長い銀髪を後ろで縛りながら、百合を驚いた顔で見る。

「なんだ、ついてきちまったのか。座りな、茶の一杯でも出してやる」

「あの、道を教えて欲しいだけで――」

「ここは『狭間の町』だ。来たからには、なにか口に入れなきゃ戻れない」

百合が戸惑っていると、奥から給仕服に身を包んだ青年が現れる。

「久しぶりのお客さんだ。さあ、座って」

菫と名乗る青年は儚げな笑顔で百合を迎え入れる。

「いらっしゃい。狭間の町の迷い家へ――」

――あれから何度この店に来たのだろう。百合は窓際のいつもの席で、落ち着いた雰囲気の店内を見渡した。

見たところ、『若様』と呼ばれる店の主人がいるのは三日に一度。あとは菫さん一人だけど、客は滅多にいないのでそれで問題ないようだ。

いつものようにカモミールティーの香りに包まれていると、一人の男が店の扉を潜る。その身にまとうは、ヒトにあらざる妖気。

その姿を見て菫さんの顔から血の気が引く。

「大旦那様！」

「今日が取り決めの日だ。約束の『ひと皿』を出してもらおうか」

「も、申し訳ございません。若様は今日は姿を見せなくて……」

「ならば約定通り、全てが狭間に消えるだけだ」

菫さんが震えながら百合にすがり付く。

「お願いだ、百合！　約束を守れないと、僕も狭間に消されちゃう。代わりに料理を作ってよ！」

「え？　私だって無理だよ。菫さん、料理ができないの？」

菫さんは困り顔でポツリと呟いた。

「僕、火が使えないんです」

料理なんてろくに作ったことはない。子供の頃、お母さんと一緒に作ったオムライスを恐る恐る出してみる。男は胡散臭げにスプーンを手に取った。

ひと匙、ふた匙……男はさして旨くもなさそうに百合の料理を口に運び、首を横に振りながらスプーンを置く。

「次に来る時には、もう少しマシな物を作れるようになっておけ」

皿の上にオムライスを半分残し、男は言い捨てて帰っていく。

「凄いよ百合！　いつもなんて一口食べて帰るのに！」

喜ぶ菫さんの後ろから店の主人が現れる。

「——やれやれ。親父の奴、やっと帰りやがった」

「若様！」

男は残った料理を一口食べて、

「貧乏くさい味だな」

カラリとスプーンを皿に落とす。

「だが、食えないことはない」

「なによ！　あんたの代わりに料理作ったのに！　大体、それがお客に対する態度なの？」

「じゃあ、客でなくなりゃ解決だな。お前、明日からシフトに入れ」

「だっ、誰があんたの店で！」

男は抵抗する百合を壁際に追い詰める。

「そもそも最初は俺を追いかけて来たんだろ？　ストーカー女ってとこか」

「私が追いかけてきたのは銀色の狐で、あんたじゃ——」

男は百合の顎を指先でクイと持ち上げる。

「俺の名は月狐だ。覚えておけ」

男は百合の耳元で囁いた。

「——俺の味を、骨の髄まで沁み込ませてやる」


……なるほど。こういうのか。

小鞠の小説を読み終えた俺は入道雲を見上げた。

「なるほど。こういうのかー」

今度は口に出して繰り返す。これは専門外だ。

とはいえ、読みやすく一気に最後まで読んでしまった。

「なあ、よく書けてるだろ?」

玉木部長は嬉しそうに笑顔を見せる。

「小鞠ちゃん、結構書けるんだぜ」

「ええ、まあ。少なくとも俺じゃここまで書けないですしね」

悔しいのでちょっと偉そうに言ってみる。

「新入部員もたくさん入ったし、これで文芸部も安泰だな」

遠くのイベント会場から、ワッと歓声が上がる。気になるのか、ちらりと視線を送る玉木部長。

「そういえば、部長ってどんなの書くんですか？」

「俺か？　一応、三年くらい前からなろうに連載してるんだけど」

「え、凄いじゃないですか。見せてくれませんか」

「なんか改めて見せるのって緊張するな」

照れつつも差し出すスマホには、どこかで見たようなタイトルが。

『拾った奴隷少女の正体がSランク冒険者だったので俺はヒモになることにしました』

……いや、ホントに見たことあるぞ。

「これ、知ってる。ていうか読んでます」

「まじか。リアル読者と初めて会ったよ」

ネットでは学生の作者もたくさんいると聞くが、部長の正体が累計ポイント2万超の作品を擁する『たろすけ』先生だとは。

「ポイント凄いじゃないですか。本になったりするんですか？」

「このくらいじゃ全然だよ。上には上が沢山いるからな」

　そんな世界なのか。少なくとも数千人が読んでいる作品なのに。

「八奈見さんが書いたのもあるから後で送るよ。温水は調子はどうだ？」

「プロットを作ってきただけで、本文は全然。なんていうか、実際に書こうと思うと何をどうしたらいいか」

「じゃあ今日はタイトルとあらすじだけでも書いちゃおうぜ。そんなときは1行でもいいから書くのが大事だ」

　100万字以上も書いている人の言うことだ。俺は素直に頷いた。

「じゃあ、昨晩送った俺の小説のプロット、どう思います？　冒頭部分のエピソードなんですけど。あれを今晩、小説にしてみようと思って」

「あれか。……ヒロインの掘り下げ方が足りないな」

「ヒロインが主人公に惚れるには不十分ということですか」

　ふむ、やはり主人公とヒロインの心の交流をもっと書くべきか。

「いや、逆だよ。主人公はヒロインを助けて、それで惚れられてるだろ？」

「ええ、そうです。最初は反発していたヒロインが主人公のやさしさに触れて、心惹かれていくんです」

「それは打算だ」

「え？」

「助けてくれたから、優しくしてくれたから惚れるなんてのは心の取引にすぎない。条件付きの愛、不純なものだよ」

冗談かと思ったが部長は至極真面目だ。

「水が低きに流れるがごとく、世の理として、ただただ愛されるのだ。心惹かれるということは、裏返せば離れていくということでもある。ヒロインたちは主人公に心惹かれてはならない。世界の理として主人公をただ慕い、無条件に称賛しなくてはならないんだ」

一気に語り切ると、部長は感極まり空を見上げた。

「俺も異世界転生して、みんなにチヤホヤして欲しい……。酒飲んで泳いだりしたら行けるかな」

「お盆まで待ちましょう。なんか時期的にそっちの方が行けそうだし」

しかし、部長が拗らせ人なのは意外だな。イケメンで明るいし、仲良い美人の幼馴染まで居るのに。悩みは人それぞれということか。

グダグダと無為な会話をしているところに、何やら大荷物を抱えて帰ってくる女子たち。

「おーい、今帰ったよ！　これ、お土産！」

焼塩が抱えているのは大量の花火だ。

「凄い。これ買ったの？」

得意げに俺に花火を手渡す焼塩。

「なんかバッとしてザーッて走ってドーンと旗取ったら、もらった！」

よし、分からん。はてなマーク乱舞の俺を見て、月之木先輩が助け舟を出す。

「焼塩ちゃんがビーチフラッグ大会に飛び込み参加して、それの優勝賞品。二人にも見せたかったな」

「う、うん。す、凄かった」

小鞠も興奮気味にこくこくうなずく。

「いやー、それほどだけど。もっとちょーだい」

嬉しそうにグネグネしている焼塩とは裏腹に、意気消沈してる娘が一人。

「八奈見さん。元気ないようだけどどうしたの？」

「屋台……なかった」

ひもじそうに海の家を眺める八奈見。無言のまま、『タ・コ・ヤ・キ』と唇が動くのを俺は確かに見た。

「あんまり食べると夕飯、入らなくなるぞ」

「え……どうして？」

どうして……だと？

心底不思議そうな八奈見の顔。そういえばどうしてだろう。哲学だ。

「夕飯と言えば。青年の家って自炊しないといけないんだよな。なに作ろうか」

「ふっふっふ。肉不足にお悩みの温水君。安心したまえ」

八奈見は不敵な笑みを浮かべる。

「近くのキャンプ場のスペースを予約したから。夕飯はバーベキューだよ」

「へーえ……」

こいつ、バーベキューから逃げてきたのではなかったか。個人的にはカレーの方が良かったな。飯盒で炊いたご飯って美味しいし。

「あれ。ちょっと温水君、テンション低くない？」

反応の鈍い俺に、八奈見は信じられないモノでも見るような目を向ける。

「バーベキューだよ!?　肉だよ？　これ以上何を望むのかな？」

八奈見は何かに気付いたように、ポンと手を叩いた。

「ああそうか。安心して、もちろん牛肉も買うよ。私たちもう高校生だからね」

親指を立て、ドヤ顔の八奈見。

「えーと、牛肉と高校生に何の関係が」

「義務教育中は家庭じゃ牛肉を食べちゃいけないって決まってるでしょ？」

「……そんな決まりはない」

「え？　だってうちのお父さんが」

なんだか悲しい話になってきた。

「あれ？　条例だっけ？　校則？」

「きっとお父さんの会社の都合とかだよ。ほら、トヨタ車しか買わない、みたいな」

よし、ナイスフォローだ俺。この話はここでお終いだ。

「会社……か。お父さん、いま何やってたかな……」

俯く八奈見。悲しみの連鎖はまだ終わらない。

「いや、その、働いたりしてるんじゃない？」

「う、うん！　働いてはいるんだよ？　でも、お父さん。組織とかそういうの苦手で」

もういいんだ八奈見。これ以上続けると泣いちゃう。俺が。

バスの時間も近付いてきた。
シャワーを浴びて着替える時間を計算に入れると、そろそろ撤収の時間だ。八奈見もタコ焼きを食べ終わりそうだし。
荷物を片付けていると、まだ遊び足りないのか、焼塩が海を見ながらストレッチを始めた。
「ねえ、そういえば小鞠ちゃん。まだ海に入ってないことない？」

「え、あ……」

カバンに入れたスマホを取り出そうと焦る小鞠。

その隙を見逃さず、焼塩はニンマリ笑って小鞠を抱き上げた。俗に言うお姫様抱っこだ。

「ぬぁっ?!」

「それじゃ行ってきます！」

「「「いってらー」」」

手を振る俺たちに見送られて走り出す焼塩。暴れる小鞠を意に介さない。なんだあのパワー系女子。

「俺、パラソル畳んじゃいますね」

「じゃあ、シャチと一緒に返してきてくれ。荷物まとめちゃうから」

波打ち際に上がる水飛沫。響く悲鳴。小鞠の奴、意外と悲鳴が可愛いな。

「慎太郎。女性陣は途中で降りてスーパーで買い出しするから。二人は先に宿に荷物運んでもらっていい？」

月之木先輩は湿った髪をほどく。黒髪がむき出しの肩に落ちかかる。

タオルに髪の水分を吸わせながら、やけに近い距離で部長の手元の時刻表を覗き込む。

「買い物して、次のバスに乗ればちょうどいいわね」

「古都、お前髪が当たってるって。冷たい」

「うるさいわね。当ててんのよ」

相変わらずのイチャイチャぶりだ。速やかに爆発して下さい。

「うう……びちゃ濡れ……」

びしょ濡れの小鞠が上着を絞りながら戻ってくる。海水浴場に指定水着の脇腹のラインが映える。

……なるほど、八奈見の発言の意味が今なら分かる。このミスマッチがもたらす感情は羞恥と背徳感のカクテルだ。上級者向けと言う他ない。

「小鞠ちゃん、どうだった？　海、気持ちよかったでしょ！」

焼塩は濡れた髪をかき上げながら、小鞠の肩に手を回す。

「しょ、しょっぱい……」

「だよねー、気持ちいいよねー」

「だ、だから、しょっぱい、て！」

「そりゃ海だし！　小鞠ちゃん、おかしなこと言うねー」

楽しそうに笑う焼塩。小鞠よ、こいつとまともに話そうとするだけ無駄だ。

月之木先輩がパンパンと手を鳴らす。

「はい、みんな遊びはお終い！　そろそろ着替えて宿に向かうよ！」

……いっぱい遊んだし、もう解散してもいいんじゃないだろうか。ふとそんなことを考えながら、俺はパラソルを肩に担いだ。

陽が沈み始め、昼間の暑さが嘘のように去っていく。

キチキチと聞いたこともない虫の声が響いてくる。怖い。

「洗った野菜、ここ置いとくよ」

「ありがと。切ったやつ、バットに並べといてくれるかな」

キャンプ場の野外炊事場。調理係を買って出た八奈見は、何故か俺をアシスタントにご指名である。

自ら望んだだけはあり、中々の包丁さばきで——いや、普通だ。とても普通だ。程々に危なっかしい手付きで人参の皮を剝いている。

「八奈見さん。なんか俺に話でもあるのか？」

「え？　なにもないよ。ほら、次は皮むいた人参を輪切りにするんだよ。できる？」

そのくらいできるって。俺は八奈見とどっこいどっこいの手付きで人参を輪切りにしていく。

「なんで焼塩でなくて俺を手伝いに選んだのかなーって」

八奈見の手がぴたりと止まる。

「……調理実習。檸檬（れもん）ちゃんと同じ班になったことあるかな？」

「んー、いや。ないけど」

ふと、遠い目をする八奈見（やなみ）。

「彼女はまだ、火と刃物を持たせちゃいけない段階の人なの」

一体なにがあったんだ。焼塩（やきしお）の奴、外から見る限りじゃ高嶺（たかね）の花の体育会系美少女だ。が、実際付き合ってみるとかなりのポンコツ娘である。

「なあ。あいつ、火起こしの係に立候補してたぞ」

「聞かなかったことにしておく」

まあ、あっちはあっちでどうにかなるだろ。俺は気になっていた話題を切り出した。

「そういえば八奈見さん。書いた小説、さっき読んだよ」

「え、もう読んだんだ。なんか恥ずかしいな」

「面白かったよ。凄く読みやすかったし」

八奈見の小説は、登校中のひとコマを切り取った爽（さわ）やかな掌編だ。気になる男子に挨拶しようか迷う様を、気取らない話し言葉で書いている。

「それにコンビニのから揚げ棒にあんな工夫があるなんて。意外だったよ」

「でしょ。みんな意外と知らないの」

あれ、なんの話だっけ。まあいいや。八奈見の奴、なんか上機嫌だし。

下ごしらえを終えた俺たちがブースに行くと、火起こし中の部長が炭を団扇（うちわ）であおいでいる。その部長をあおぐ月之木（つきのき）先輩の姿は見えるが、

「あれ、焼塩どこ行った」

焼塩の姿が見えない。

「なんかあそこでいじけてる」

灯りの輪の外側。焼塩は煤（すす）で黒く汚れた顔のまま、膝を抱えてソラ豆のさやを剥（む）いている。

……何かあったらしい。

「そっとしておいてやろう」

「そうね、しといてあげよう」

◇

肉・肉・ピーマン・肉・ソーセージ。

日中の肉不足を補うかのように八奈見の勢いは止まらない。

ちなみに俺はキャベツ・タマネギ・トウモロコシときた後、育てていた肉を横から八奈見に攫（さら）われたところである。

「ちょっ、それまだ焼きかけ――」

「大丈夫大丈夫、温水君って意外と細かいよね」

血の滴る肉片を美味しそうに頬張る八奈見。

……肉は生焼けでも気にしない派とじっくり育てる派の間には広くて深い溝がある。早くも敗北を悟った俺は、焦げた人参をかじりながら他の部員たちの様子をうかがう。

「うっま！　この肉、メキシコ産？」

上機嫌で肉を頬張る焼塩の口元から、赤い肉汁がこぼれている。

「慎太郎、こっち焼けたよ。はい、お皿出して」

「ぶ、部長、こっちも焼け、ました」

「ありがと。やっぱ外で食べると美味しいよな」

玉木部長はプチハーレムを構築中。相変わらず羨ましいんだかなんだか分からない。

「温水、お前食えてるか？　この肉美味いぞ。どんどん食べろよ」

「ええ、まあなんとか」

なんだろう。この言い知れぬ違和感は。周りを見渡した俺はあることに気付いた。

……なんでみんな肉を食えてるんだ？

怪訝に思う俺の前、八奈見はカチカチとトングを鳴らして肉を網に乗せていく。

「檸檬ちゃん、この歯ごたえはアルゼンチンじゃないかな。輸入牛はやっぱりアメリカ大陸に限るよ」

「へーえ、八奈ちゃん詳しいね。アルゼンチンって確か……えっと、凄く遠いんでしょ。熟成肉ってやつ？」

　感心したように肉を口に放り込む焼塩に向かって、月之木（つきのき）先輩はヤレヤレと肩をすくめた。

「焼塩ちゃん、熟成肉ってそういうものじゃないわ。来年の合宿にも来てちょうだい。本物の熟成肉ってやつをを食べさせてあげる」

　この人、3年生だよな。来年も文芸部にいるつもりだろうか。

「ぎゅ、牛肉、久しぶりだ……」

　小鞠（こまり）も感極まったかのように牛肉を頬張っている。八奈見がついさっき網に置いた肉は、すでに皆の胃に収まっている。

　……間違いない。こいつら全員『生焼けでも気にしない派』だ。

　まさか周りが全部敵だとは。とはいえ、座して死を待つわけにはいかない。俺はある具材に目をやった。

　これなら生でも食べられる。俺は網に置いて間もないソーセージに箸を伸ばした。

「ぬっくん、それ乗せたばかりだって。もう少し火が通るの待とうよ」

「い、意地汚いやつ、だな」

　え、そんな馬鹿な。生肉を食うこいつらに何故そんなことを。理不尽さに打ちひしがれる俺に、八奈見が肉を挟んだトングを差し出す。

「温水君、お腹空いてるんだね。はい、これ焼けたよ」

差し出された生焼けの豚肉から皿を遠ざける。……なんだろうこのデジャブ。

横から月之木先輩が皿を差し出す。

「お腹空いてるなら、これ食べなさい」

皿の上にはオニギリ。しかも赤飯握りだ。

「あれ、こんなのどうしたんですか?」

「近くのブースの人がおすそ分けしてくれたの。炊き立てなんだって」

へえ、そうなんだ。ゴマ塩が効いていて美味い。

「中学生くらいの可愛い子だったな。お礼に肉を持っていきたいんだけど、見当たらなくてさ」

思わず周りを見回すが、見知った顔はない。

……いやまさか。俺は寄ってくる虫を手で払いながら、大口で赤飯握りを頬張った。

◇

夕暮れ空は濃藍色に飲み込まれ、夜闇が周りを覆った。

虫の音と蛙の声が周り中から響いてくる。ざわめく木々。改めて耳を傾けると山の夜は意外と賑やかだ。

月之木先輩の長く伸ばした腕の先、紙筒から黄色い光の筋が放物線を描く。黄色から緑に変わった光は、最後は赤く火薬のきらめきを散らしながら消えていく。

月之木先輩は無邪気な笑顔を見せる。笑顔の先には玉木部長。先輩には目もくれず花火を選んでいる。先輩は黙って部長の背中に蹴りを入れた。

「少しは花火を見なさいよ」

「だから今、次にやる花火を探してたじゃん」

「え、いや……。ほら、これとか大きいから一人じゃ無理だし！　一緒にやるから！」

「一人で持てるだろ。おい、分かったから蹴るなって！」

何だろうこの二人。とっとと結婚してくれないか。

俺は溜息をつきながら残った肉の欠片を網に乗せた。炭の残り火で今度こそじっくり育てるのだ。よし、名前は節子にしよう。

パンパンと火薬の爆ぜる音がする。見ればネズミ花火をばらまく焼塩と悲鳴を上げて逃げ回る小鞠の姿。

「すっかり二人、仲良しになったねー」

八奈見は残ったピーマンを生でポリポリかじる。

仲良しか。うんまあ、そういうことにしとこう。

「八奈見さんは花火しないの？」

「先にデザート焼いちゃおうと思って」

「あ、バーベキューで焼くデザートっていえば」

「ふっふっふ。そう、これ！」

「マシュマ――」

「ホルモンミックス！」

満面の笑みでパックを取り出す八奈見（やなみ）。そう来たか。

「うちじゃ、焼き肉の〆はこれなんだよねー」

八奈見家のことは突っ込み厳禁だ。ここは流れに従おう。

さて、節子は片面が香ばしく焼きあがった。人間なら小学校の入学式を迎えた頃だ。赤いランドセルが良く似合う。さあ、裏返してじっくりと中まで火を通そう。

「あ、これ食べちゃうね」

育てかけの肉を八奈見が素早く箸で攫（さら）う。

「節子っ⁉」

ここまで育てた俺の節子が。妄想の思い出が走馬灯のように流れていく。

「セツコ？」

「いや、あの……」

八奈見は悪戯（いたずら）っぽく笑いながら、俺に箸を差し出した。

「食べたいなら言えばいいのに。はい、あーん」

「はっ?!　えっ?」

誰も見てないことを確認してから恐る恐る口を開ける。血と脂の味が舌に広がる。

「美味しいでしょ」

「う、うん……」

「で、いくらつける?」

──っ?!　そうきたか。こいつ、ウブな少年を弄びやがって。

いやしかし。値段をつけるとすれば。

「な、ななひゃ──」

「もう、冗談だって」

ケタケタ笑う八奈見。

「あれ、いま何か言いかけてなかった?　え?　700円?」

「い、言ってない……」

顔をまともに見れず俯く俺。八奈見はニヤニヤと顔を寄せてきた。

「へー、私のあーんって、それだけ価値があるんだ。へーえ」

「いや、だから。女の子はむやみにそんなことしちゃいけないし。レア度というか、そこんとこだからな。あくまでも」

「うんうん、そうだね。あ、もう一口いっとく？　安くしとくよ」

完全にからかわれてる。悔しいが勝てる気がしない。

俺は無言で、花火で遊ぶ部員たちに目をやった。

ねずみ花火を使い果たした焼塩が、歓声を上げながら両手に花火を持ってクルクルと回っている。光の粒が彼女の周りでキラキラと溶けていく。相変わらず、遠くから見ているだけなら元気で可愛くていうことはない。

小鞠はといえば、さっきから花火で地面を焦がすのに専念している。地面に親でも殺されたのか。

楽しみ方は人それぞれだ。八奈見は花火より肉の人だし。

さて、節子の生涯も幕を閉じた。八奈見は肉に夢中だし俺も花火をしようかな。

席を立つと、大量の花火の中から小さな花火を手に取った。持ち手が銃の形になっているだけの安物だが、子供の頃はこれが一番のお気に入りだった覚えがある。

銃を撃ってる気分で地面の小石を炙って——なんか小鞠と同じだな。

俺は花火に火をつけながら、ふと小鞠の様子をうかがう。

白っぽい炎の向こう、小鞠は大きめの手筒花火に火を着けている。上手く着かずに何度かそれを繰り返す。ようやく火が着いて火花が噴き出した。

が、すぐに火が止まる。

花火が湿気てるのだろうか。ぼんやりそんなことを考えていると、小鞠は手筒をくるりと返して先を覗き込んだ。

「ばっ！」

俺が声を上げるのが早いか。バン、と火薬の爆ぜる音がする。

光に一瞬目が眩む。

視界が戻ると、そこには花火を手に摑んだ部長の姿。顔をしかめながら、握りつぶした花火を放り投げる。

「小鞠ちゃん、怪我はないか！」

「だ、大丈――」

「痛いとこは？」

部長は小鞠の手を調べると、最後にグイと顔を摑んで瞳を覗き込む。

「目は見えるな？　痛いとこないな？」

「は、はい。……な、なにも、ない、です」

「良かった……。顔に傷でも付いたらどうすんだ」

ようやくホッとしたように表情を緩める部長。

「わ、私の顔とか傷、付いても……。それより部長、手……怪我……」

「あほか。いいわけないだろ」

部長は花火を握った手を、さり気なくポケットに入れる。

「だ、だって、私の顔とか誰も見ない……」

「少なくともお前が見るだろ」

「え……。ま、まあ……」

「お前が毎日鏡で自分の顔見て、その度に嫌な思いをするじゃん。俺はそれが嫌なんだ」

「ぶ、部長……」

「だから、そんなこと言わずにちゃんと自分を大事にだな——」

「たっ、玉木部長っ！」

裏返った大声が夜空に響く。

小鞠が大きく息を吸う音が俺にまで聞こえた。次の瞬間。

「す、好き、です！」

突然の告白に時が止まった。

八奈見が肉を裏返す。ドラゴン花火が火柱を上げ、突っ立つ焼塩の後ろ髪を焦がす。

驚きに固まっていた部長が口を開く。

「小鞠ちゃん？　あの、どういう——」

小鞠はもう一度大きく息を吸い、矢継ぎ早に言葉を吐き出す。

「えと、その、好きなんです！　部長のこと！　わた、わたし、ずっと好き、でした！」

小鞠の口から言葉が堰を切ったようにあふれ出す。

「わ、私のこと、ちゃんと見てくれて、嬉しくて！ 部長のこと好き、だから！ 付き合って、ください！」

言葉の最後は声がかすれて。言い終わるとすべてを絞り出したかのように小鞠は涙目で俯いた。

目の前の光景に、月之木先輩は石の様に固まっている。

食べる八奈見。焦げた背中をはたく焼塩。何なんだこいつら。

「……いや、あの。急な話でびっくりしたから」

長い沈黙を破り、部長が話し出す。言葉を選ぶように何度か口を開いては止める。

そしてようやく出た言葉に、止まった俺たちの時間が動き出した。

「少し考えさせてくれ」

小鞠はこくりとうなずく。一瞬、月之木先輩を怯えたように見てから、その場を走り去った。

……あれ。これって。

言葉もなく視線を交わす三人の傍観者の前。ゆっくりと月之木先輩が部長に歩み寄る。

「……慎太郎。どういうこと」

「古都。どうって……いくらなんでもいきなりだったし」

月之木先輩は部長の手を無理矢理ポケットから引き出すと、ペットボトルの水をかける。

「悪い。煤が付いただけだから、大した火傷じゃないよ」

「……だからさ。考えさせてとか、下手に気を持たせるようなこと言ったら可哀そうでしょ」

手際よくハンカチを手に巻く月之木先輩。

「おい、古都」

「はっきり断ってあげるのが優しさでしょ！」

手を握り、部長の目を下から睨み付ける。

「ちょっと待て、古都」

「何で！　何で断らないのよっ！」

月之木先輩の訴えに部長は気まずそうに目を外す。

「……受けるも断るも、俺と小鞠ちゃんの間の話だ。お前が決めることじゃないだろ」

再び訪れる沈黙。虫の音の合間、ホルモンの脂が弾ける音だけが時折響く。

「……そうね。私と慎太郎、ただの幼馴染だしね」

静かな口調でそう言うと、一瞬の沈黙の後、大きく振りかぶって部長の頬を叩いた。

「ただの幼馴染だもんねっ！」

もう一度そう言うと、その場から走り去る。立ち尽くす玉木部長。

焼塩の足元、にょろにょろとへび花火が伸びている。

……いいな、俺も何もかも忘れてへび花火をしたい。現実逃避しようとする俺に、八奈見と焼塩がせっつくように目配せをしてくる。俺に声を掛けろというのか。

怖じ気付く俺に、八奈見たちが「行け、行け」と口をパクパクさせて煽ってくる。

「あの、部長」

虚ろな瞳が俺を見返す。

「温水か……。悪いな、せっかくの合宿を」

「だ、大丈夫です。こっちは俺たちで片付けるんで。あの、追いかけてあげてください」

「どっちを？」

勝手にしてくれ。反射的に言いかけたが、俺はぐっと飲み込んだ。

「そこは自分で決めてください」

あんま変わってない気もするが。

「分かった。……悪い、後は頼んだ」

フラフラと闇夜に消える部長の背中。

残された俺たちは揃って大きく息をついた。いやまさか、いきなりこんな展開になるとは。

「あの……君たち。そろそろ火を落とすから、片付けを始めてくれるかな」

恐る恐る声を掛けてきたのはキャンプ場の職員さんだ。凄く気まずそうな表情が心に沁みる。

きっと出るに出られずに、俺たちのいざこざを離れたところで眺めていたに違いない。

「すいません、すぐに片づけます」

「ごめんね。色々と取り込み中のところ」

何ていい人だ。俺は大慌てで皿を片付けだす。

「分かりました」

八奈見(やなみ)は真面目な顔で大きく頷いた。

「すぐに全部食べちゃいます」

「小鞠(こまり)ちゃん、そうだったんだー。うわー、だいたーん」

キャンプ場の洗い場で、焼塩(やきしお)は泡だらけのスポンジを握りしめながら乙女チックに星を見上げる。

「星空の下、身を挺(てい)して助けてくれた最愛の人に告白！　エモいねー！　これからは女の子も攻めの時代——」

言い終えるなり、一気に上がったテンションが急降下。スポンジが皿の上にポトリと落ちる。

「……そうよね。待つだけじゃダメなのよね。ホント、思い知ったな……」

何故こいつら負けヒロインは自分で自分の傷口を開くのだ。俺はやりきれない気持ちでゴミ袋の口を縛る。

「でもさ、ぬっくん。部長と月之木(つきのき)先輩って付き合ってるんじゃないの？」

「それが付き合ってはないみたいで。時間の問題だと思ってたけど」

しかし部長の言葉からすると、小鞠にもワンチャンあるということか？　まさか月之木先輩が負けヒロイン候補とは。

「ふぉーね。あふぉふふぁりふぁふぉんふぇいふぉふぁんふぁんふぇ」

もちゃもちゃもちゃ。口いっぱいに頬(ほお)ばったホルモンを噛(か)みながら、訳知り顔で語る八奈見。

「だよね。部長と副部長、お似合いだったもんね」

「ふぁふぉふぇ。ふぉふぉふぁのふふぃんきふぁふぁやふぉってるふぉひうふぁ」

「分かるー。あたしもそれは感じた」

何故か会話が成立している。焼塩の奴、意外な特技だ。

なんとなく疎外感を感じた俺は静かに席を外す。姿を消す技術に関してはかなり自信がある。二人は俺がいなくなったことに気付いていまい。

……少し歩くと、キャンプ場のトイレが暗がりにボンヤリ光っている。とりあえず小用でも足すとしよう。

ここのトイレは並んだ小便器の前、目の高さで壁が大きく開いている。視線の先では暗闇に木の影がざわめきながら揺れている。

無人の静けさも怖いが、これで誰かいたらそれはそれで怖いな。

「……温水(ぬくみず)」

「うわっ！」

突然背後から声を掛けられて正直漏らした。幸いに用足し中で助かったぞ。

「ちょっ、部長。驚かせないでくださいよ！」

「温水よ、俺の話を聞いてくれ……」

「まずは終わるまで待ってください！　うわ、ちょっと肩を摑(つか)まないで！」

ファスナーを上げると、とりあえず念入りに手を洗う。さて、どうしたものか。

「部長。ずっとトイレにいたんですか？」

「なんというか。どうしていいか分からなくて」

まずは二人を追いかけた方がいいんじゃないだろか。トイレで後輩に愚痴るとか、油の売り過ぎだ。

「なあ、俺の相談に乗ってくれないか」

マジか。この人、俺に恋愛相談をしているのか。俺は信じられない気持ちで先輩を見る。

しかも三角関係の相談とか、イトミミズに金魚の倒し方を聞いてるようなもんだぞ。

「えーと、部長。どう見てもモテるじゃないですか。俺なんかに相談してる場合じゃないですよ」

「待てよ。俺、年齢イコール彼女いない歴だぜ。告白はもちろん、バレンタインのチョコすら古都以外からもらったことないぜ」

「あるんじゃないですか」

「ガキの頃から、毎年毎年『義理』って書いたチョコをくれるんだ。むしろ良く探してくるよ」

男二人。なんでトイレでこんな話をしてるんだ。洋ゲーか。

「女の子と遊びに行くのだって俺だけ呼ばれないし。恋愛弱者って俺のことだよな」

顔を上げてください。本物の恋愛弱者に会わせてあげますよ。

「それでもですよ。小鞠から告られて迷うってことは、少しは好きだったんでしょ」

「小鞠ちゃんは後輩として可愛いよ。ただ、異性として考えたことは」

「じゃあどうして考えさせてなんて言ったんです？」

「モテない男があんな風に後輩から告られたら。そりゃトキメクというか、考えるというか」

えー、そんなもんなのか。いやしかし。一点、前提が間違っている。

「でもほら。部長には月之木先輩がいるじゃないですか」

つーか、あの人がいるからチョコも告白もないんじゃなかろうか。

部長はがくりと肩を落とす。

「なんていうか、巻き込んじゃったからには話すけどさ」

「はあ」

「……俺、あいつに告って振られてるんだ」

「え?!」

そんな馬鹿な。あれで駄目ならどうすりゃいいんだ。

「いや、まさか。それ、4、5歳の頃の話でしょ?」

「なんでだよ。去年のクリスマスだよ」

地味に近い。それならさっきの部長の反応も理解できる。好きな人に振られて数か月。吹っ切ろうとしていた矢先、可愛がっている後輩から告白。

迷うくらいは当然だ。相手が小鞠とはいえ。

「だから最近、部室には行くの控えててさ。そのくせ古都の奴、今まで通りに距離は近いし」

部長は膝を抱えてしゃがみ込む。ここ、トイレだぞ。

「かと思えば、なんで振られた相手にあんなことされにゃいかんのか。もう、わけが分かんなくて」

確かにさっきの月之木先輩の激昂ぶりを見ていると何だか腑に落ちない。

「とにかく。戻ってちゃんと話をした方がいいですよ」

部長の肩に手を置く。

「さっきの様子を見る限り、色々誤解があるのかもしれませんし」

「お前……。ひょっとして、結構恋愛慣れしてるのか?」

何故そう思う。俺はやけくそで微笑んだ。

「こう見えても俺、恋愛マスターですから」

◇

部長に宿に戻るよう言い含めてから、八奈見(やなみ)たちが後片付けをしている洗い場に戻る。

さあ、全ては終わった。後は部長の甲斐性(かいしょう)に任せよう。洗い物の続きをしようと腕まくりをする俺に八奈見が詰め寄ってきた。

「ちょっと、温水(ぬくみず)君どこ行ってたの！」

なんかこいつご機嫌斜めだぞ。片付けを途中で抜け出したのがまずかったかな。

「あ、ちょっとトイレに……」

「そんなことはいいからさ！」

聞かれたから答えたのに。酷(ひど)い。

「月之木先輩が荷物抱えて、宿とは反対方向に歩いて行ったの！」

え、そうなんだ。こんな暗いのに危ないな。ぼんやりと八奈見の指さす方を眺めていると、なんか形容しがたい表情で見られているのに気付いた。

「もしもーし。温水君？」

「え？　なに？」

「夜道を女の子一人なんて危ないでしょ！」

追いかけろってことかな。えー、暗いし怖いし。

気の進まない俺がグダグダしてると、八奈見は俺の背中をどやしつける。

「檸檬ちゃんは小鞠ちゃんのとこ行ったし、私は部長を探してくるから。早く追いかけて！」

「俺が？　だってもう暗いし――――あ、はい。追いかけます」

……八奈見の怖さが夜道の怖さを上回った。

俺は月之木先輩の後を追い、スマホの懐中電灯を頼りに夜道を進んでいく。

しばらく進むと道の先、バス停の灯りの中に荷物を抱えた女子の姿が見える。俺は先輩の名前を呼びながら走り寄る。

「ああ……温水君か」

俺と気付くと、先輩の顔にあからさまな落胆の色が浮かんだ。すいませんね、部長でなくて。

「先輩、どこ行くんですか。こっち、宿とは別方向ですよ」

「帰るの。あんなやつと一緒にいられないから」

先輩は肩の荷物をかけ直して足を速める。

「待ってくださいって。バスはもう終わってますよ」

「駅まで歩けばどうにかなるわよ」

歩くと言ってもかなりの距離だ。この先は街灯もろくにない。

「とりあえず、少し座って話しましょう。ほら、バス停にベンチがありますよ」

「あ、ちょっと温水君！」

俺は先輩の荷物を勝手に取る。

「私、急いでるから。荷物返して」

「まあ、少し休みましょう」

俺は買っておいた飲み物を差し出しながらベンチに座る。

「午後ティーと紅茶花伝、どっちにします？」

「……じゃあ、午後ティーで」

面倒になったのか、溜息をつきながら隣に座る月之木先輩。よし、何とか足止めに成功だ。

しかし何を話せばいいんだ。八奈見に聞いておけば良かったな。俺は暗い山道に目をやった。

「慎太郎（しんたろう）の奴に何か言われて来たの？」

「え？　いや、まあ」

言葉に迷う俺を見て、月之木先輩は眉をひそめる。

「……違うの？」

「え、その。部長は先輩を探しに青年の家の方に。行き違いになったみたいで」

多分そうだと思うけど。頼むぞ部長。

月之木先輩は紅茶を一口飲むと、力無く背中を丸めた。

「ごめんね。折角の合宿だったのに」

この人、部長と同じことを言うんだな。そんなことを考えながらペットボトルの蓋を開ける。

さて、部長とこの人だけなら話は早いが。小鞠まで関わってるからややこしい。三角関係とか、俺の手には負えないぞ。

「小鞠ちゃん、どうしてる？」

「分からないですけど。焼塩が様子を見に行ってるから、心配はないですよ」

しばらく気まずそうに黙っていた先輩が、しおらしげに呟く。

「……男子ってやっぱ、守ってあげたくなる女の子が好きなのかな」

ここでまさかの恋愛トークだ。部長といい、俺にそんな話題を振るとは、どいつもこいつも余程追い詰められているに違いない。

「まあ、そういうのは定番ではありますが」

「やっぱり小鞠ちゃんみたいな女子の方がモテるのか……」

いや、それはない。

「問題は一般論よりお互いの気持ちだと思いますよ。先輩と部長は端から見てると、その、相思相愛に見えるというか」

「私もそう思ってたわよ。ついさっきまで」

なんだこの自信。部長は振られたとか言ってたし、一体何がどうなっているのか。

「一度ちゃんと話をした方がいいのかなと。聞いてる限り、ちょっと行き違いがありそうですよ」

「行き違いも何も。あいつ、小鞠ちゃんの告白を保留したのよ。付き合おうかどうか迷ってるってことでしょ」

どこまで言っていいのか。俺は探り探り言葉を繋ぐ。

「部長はですね。えーと、なんていうか。先輩に嫌われてると思ってるんじゃないかと」

「は!?　なんで！」

やっぱりだ。部長が告って断られたってのは、誤解なんじゃなかろうか。下手に口を挟んで話をこじらせるわけにはいかないし、ここは遠回しに探りを入れよう。

「去年のクリスマスですが。部長と一緒だったんですよね」

「あいつ、そんな話もしたの？」

「ええまあ。部長からその時に、なんというか……話がありませんでした？」

「話？　そりゃ、一緒にいれば話くらいするけど」

「ほら。部長の想いとか、そういったジャンルの話題をですね」

「……確かドムドムバーガーに対する熱い想いを長々と。モスバーガーを食べながら」

クリスマスデートってそんなんでいいのか。いくら部長とはいえ、ドムドムと絡めて告ると は思えない。

「じゃあその他に。イルミネーションとか夜景とか、ロマンチック度が高めなシチュはありませんでした？」

「気の利かないあいつが、そんなとこ連れてってくれるわけないでしょ」

「場所とは限りませんよ。冷たくなった手を握ってくれるとか、マフラーを二人で使うとか、ケーキから指輪が出てくるとか、見つめ合った瞬間にイルミが一斉に点灯して小田和正のイントロが流れるとか」

「最後の古くない？」

ではどんなタイミングで告ったんだ。クリスマスの魔法の前に、月之木（つきのき）先輩がスルーするような余地があるというのか。

「あ、でも。帰り道、駅前のツリーの前でなんか言ってたっけ」

そう、それだ！　部長、頑張った。ドムドムバーガーの話なんていらなかったんだ。

「で、部長はなんて！」

「確か……。グチグチと私をディスったあげく。行き遅れたら俺がもらってやるから心配すんな、とかなんとか」

もしかして部長の言ってた告白ってそれなのか。思ってた以上にひどいぞ。

「で、何て答えたんですか」

「おととい来やがれ、とかなんとか答えた気が」

先輩はいまいち会話の流れを摑めないのか、怪訝そうに俺を見る。

「温水君、それがなんなの？」

「あー、そうなりますよね。そんな告白はちょっとないですね」

玉木部長、見た目に反してそんな感じか。お勧めのラブコメでも貸してあげようかな。

「……告白？」

月之木先輩が低い声でつぶやいた。

「はっ!?　あれが？　あれが告白のつもりっ?!」

先輩が闇夜に叫ぶ。

「いや、まあ、君の作った味噌汁が飲みたい的なものですよ、きっと」

やっぱり、気付かれてなかったか。あれ、でもこれって俺の口から言っても良かったのだろうか。

「クリスマスよ!?　高2のクリスマスの告白があれってどういうこと!?　馬鹿なの!?　死ぬの?!」

やばい。完全に踏み込み過ぎた。これでこじれたら俺の責任だ。

「えー、そういう解釈もあるというか、可能性の話で――」

「あいつ、垢BANしてやろうかっ?!」

叫び声と同時、砂利を蹴る靴の音が聞こえてきた。

「いや、それはやめてくれ……」

振り向くと、ここまで走ってきたのか肩で息をしながらこちらに近付いてくる玉木部長の姿。

「部長！」

良かった、後は二人に任せよう。俺は目立たぬように踵を返し、宿に向かって戻り始めた。

これでどうなっても俺の責任じゃない。うん、助かった。

――と、いきなり口を塞がれ、茂みに引きずり込まれる。

「っ!!」

「しっ！　静かに！」

この声、八奈見だ。俺は勢いに押されてこくこくうなずく。

「部員として見守らないと。ちょっと、頭下げて」

耳元で囁く八奈見。なんだかこそばゆい。

「あの、これって覗き――」

ぎゅっ。八奈見は無言で俺の脇腹をつねってくる。俺は逆らわないことに決めた。

茂みで身を寄せ、部長たちの様子に聞き耳を立てる。時折触れる腕と腕。鼻をくすぐる香りは焼肉と汗とファブリーズ。

……俯く月之木先輩に部長は照れ隠しに頭をかきながら歩み寄る。

「なんか、ごめんな」

「温水君から聞いたんだけど。あの話、本当なの」

「ひょっとして……クリスマスの話か？」

それには答えず、話し出す月之木先輩。

「私たちさ。十年以上ずっと一緒にいたじゃん」

「ああ、そうだよな。小１から、なぜかクラスまで一緒だったよな」

「……私、こんな可愛げのない性格だから。クラスの女子にも嫌われてる時期があってさ」

何かを思い出したのか。目をつぶり唇を嚙む。

「言うのが辛ければ言わなくていいんだぞ」

「でも、慎太郎はかばってくれたでしょ。周りにからかわれても気にせずに」

「だって俺がからかわれるより、お前がイジメられる方が嫌だったし」

特に気負うでもなく、普通に答える部長。

「だから、そういうとこよ……」

遠目でも分かるほど顔を赤くして、手の甲で口元を隠す。

「あんた中学から背が伸びだしてさ。大変だったんだからね。悪い虫、追い払うの」

「なんだよ。それじゃまるで、俺がモテなかったのがお前のせいみたいじゃん」

いや、そのせいです。俺は内心で突っ込む。

「ずっと待ってたんだからね。散々待たせて。ずっとずっと、待ってたのに――」

グッと溜めて。更に溜めて。月之木先輩は部長に向かって叫ぶ。

「そのあげく、あれが告白とか！　あれはない！　百年の恋も冷めるから！」

言い終えて、息を切らせて部長を見つめる月之木先輩。

「……はは、そうだよな」

部長は少し困ったように笑って、月之木先輩の頭を撫でる。ビクリと震える月之木先輩。

「じゃあ、百年分、惚れ直させてやる」

「……やれるもんなら、やってみなさい」

月之木先輩は頭をこつんと部長の胸にもたせかける。

部長は少しためらってから、恐る恐る月之木先輩の身体に手を回した。まるでガラス細工でも扱うように、そっと。

「エモい……」

八奈見はウットリと手の平を合わせ、二人を見つめている。いやしかし。流石にこれ以上は。

「八奈見さん。もう行くよ」

「え、これからがいい所――」

「まずいって。これ以上は覗きになるから」

いや、今までも覗きだが。俺は八奈見の手を摑んでその場を去る。

「ちょっと、温水君」

「後は二人にしておいてあげよう」

「だから、手。いつまで握ってるの？」

っ⁈　俺は慌てて手を離す。やばい。距離の近さとラブな空気にあてられて、つい大胆になってしまった。

「っ！　ご、ごめん！　わ、悪気はないんだ！」

「いや、そこまで謝らなくても」

顔の赤さに気付かれたか。八奈見は途端にからかうような表情に変わる。

「え、なに？　温水君、私に告白するの？」

「しないよ」

「いいよ、告白して。断るけど」

「だからしないって」

俺は足早に歩きだす。八奈見はニヤニヤ顔のまま、俺の隣について歩く。

「えー、さっきの見てキュンキュン来ないっ⁈　ラブしたくなんない？」

言って俺の顔を悪戯っぽく覗き込む。

「なんなくはないけど。断るんだろ？」

「うん。それはそうだよ」

何故急にマジトーン。

「でもワンチャン、ホッペにチューくらい狙えるかもよ？」

「でも断るんだろ？」

「……こだわるなあ、温水君」

八奈見は呆れたように肩をすくめる。

「そんなことよりさ」

「え。そんなこと？」

八奈見の眉がピクリと上がる。なんだその反応。

「ほら、小鞠が心配だし。戻らないと」

「うん、そうよね。そうだけど。だけど」

首をこくりと傾げると、もう一度呟いた。

「……そんなこと？」

◇

男子部屋のドアノブを回した俺は、鍵が掛かっていることをようやく思い出した。

さて、困ったことに男子部屋の鍵は部長が持ってる。じゃあ部長が帰ってくるまで女子の部屋にでも——って、そんなことが出来れば苦労はない。

別れ際の八奈見の素っ気ない態度に俺の勇気はマイナスだ。途中まであんなにグイグイ絡んできたのに、急に訪れた塩対応。女子ってのは良く分からん。

俺は溜息をつくと、青年の家の周りをブラブラ歩き出す。クワガタでも落ちてないかな。

窓の下を通りかかると賑やかな話し声が聞こえてくる。確かどこかの学校が合同生徒会合宿をしていると書いてあったな。

灯りの点いている窓から距離を取りながら歩いていると、しゃがみ込んだ小さな影が見えた。手元では橙色の光がゆらゆら揺れている。

小鞠だ。焼塩の奴、一緒じゃないのか。

声を掛けようか決め切らない内にすぐそばまで来てしまった。

「えーと、小鞠。ここにいたんだ」

「……な、なんだ。温水か」

やばい。こいつ、ついさっき振られたんだっけ。

去り際に見た、一つに重なる先輩たちの影が目に浮かぶ。流石に俺の口から伝えるのは忍びない。ちゃんと部長の口からお断りを——

挙動不審な俺に向かって、小鞠は見もせずに小袋を突き出した。

「せ、線香花火。こんなに一人で、出来ない」

誘われるまま、しゃがんで花火に火を点ける。

記憶とは違う勢いのある小さな橙色の炎が吹き出した。ぼんやり眺めていると、先がいつの間にか丸い玉に変わっている。

一瞬の間をおいて、馴染みのある光の枝が玉の周りにサラサラと弾けていく。

「……こんなんだったな、線香花火って」

線香花火なんて何年ぶりだろう。帰ったら、佳樹の奴と久々に花火でもしようか。

黙り続けたまま何本目かの花火を燃やした頃。恐る恐る小鞠の様子を窺うと、偶然なのか目が合った。

「……なっ、な、なに?」

「いや。お前、焼塩と一緒にいたんじゃなかったのか?」

「さ、さっきまで、いたぞ。せ、線香花火一本やったら、飽きて部屋に戻った」

線香花火、爆発したり飛んだりしないしな。

「しかしまあ。お前と焼塩、仲良くなったみたいで良かったよ」

何気ない俺の言葉に、小鞠は信じられないとばかりに目を見開く。

「な、仲良く見えるか……？　お前、節穴か？」

節穴そのものか。俺、概念的存在だ。

……よし、なんか普通に話が出来るぞ。まだ告った勢いが残っているに違いない。

こいつが悲劇的な結末を知る前に女子部屋に送り返そう。後は女子同士でどうにかしてもらうとして——

「お、お前が来る前、部長が来た」

ボトリ。丸まったばかりの火の玉が落ちる。

「そうなんだ。それで、その」

「……ふ、振られた」

サラリと言うと、俺に次の花火を手渡す。

「正式に、振られた」

感情のこもらない口調でそう言うと、俺の花火に火をつける。

「そ、そうか……。うん、そうか。部長、ちゃんと答え出したんだな」

俺なら取り合えずキープしといて本命に告りに行くのに。

「ぬ、温水なら、とりあえずキープしとこうとか、思うだろ」

「なんで分かった」

「……さ、最低、だな」

返す言葉もない。

花火の先が橙色に鈍く光る玉になる。

俺の花火と小鞠の花火。同じタイミングで弾け出す。光の枝が小鞠の横顔を照らす。

「部長が考えて、くれた。私と、つ、付き合うこと真剣に考えて、くれた」

小鞠は泣きそうな顔でニマリと笑う。

「えへへ……ちょっとの間だけ、月之木先輩に、勝った」

小さな背中が震える。萎んだ火の玉がチリリと音を立てて落ちる。

小鞠は落ちた先をじっと見つめたまま、かすれた声で呟いた。

「泣く、から……ど、どこか行って」

消えた花火のこよりを持ったまま。消えそうな声で。

「お願い……」

黙って建物に戻った俺は、ロビーのベンチに腰を下ろした。缶コーヒーのプルタブを開けるが、何となく飲む気になれない。

今日一日で起きたことに、頭と感情の整理がついてこない。

ロビーの蛍光管がジジジと音を立て、点いては消えてを繰り返す。

しばらく天井を見ながら、俺はみんなのことを考える。

少し前まで互いに会話もしなかった五人と、こうやって同じ場所に来ている。

この合宿が終わったらどうなるんだろう。

八奈見と焼塩は文芸部に興味があるわけではない。通り雨に翼を休める鳥みたいなもので、晴れ間に飛び立って行くのだろう。

小鞠も居づらくなって来なくなったり、反対に先輩たちが気を使って来なくなったりするかもしれない。

来週には終業式だ。八奈見との昼食会もどうなるんだろう。

俺は缶コーヒーを一口あおった。

何か書こうと思った。

◇

翌朝、宿泊施設の集会室。

「じゃあ、第1話を投稿するぞ」

部長はターンと小気味よい音を立て、ノートパソコンのキーを叩いた。

俺の初投稿作、『初恋通りの半端モノ』の第1話が公開されたのだ。

「なんかプロット立ててたのとは違うんだな」

部長が言うのも無理はない。昨日までのプロットは異世界のスローライフもの。それが、地方の商店街を舞台としたラブコメになるとは俺自身が一番驚いた。

「なんか、急にこういうのを書きたくなって」

書いたのは短い冒頭部分のみ。３分もかからず読み終わる短さだ。

「少しずつ、自分のペースで書いていこうと思います」

「それでいいと思うよ。あ、昨日公開した八奈見さんの奴、もう感想ついてるぞ」

「え？　本当ですか？」

朝食のメロンパンをかじりながら画面を覗き込む八奈見。目を輝かせて読んでいた八奈見は、ははぁと呟くと俺をニヤニヤ横目で見てくる。

「これ、温水君でしょ？」

「え、あ、うん」

なんか照れるぞ。小説を読まれた作者より、感想を読まれた読者が照れるって不思議な話だ。

「ふーん。なんか嬉しいな。この、ポイントってのはなんなんですか？」

「うん、読者が栞をつけてくれたり、評価をしてくれるとポイントが入るんだ。もう一人、感想を書いてくれてる人がいるぞ」

ゼリーのパックを飲みながら、マウスに手を伸ばす部長。

「そ、それ私かも」

体操服姿の小鞠が集会室に入ってくる。室内が戸惑い気味に静まり返る。

小鞠はその空気を知らぬふりで真っすぐ部長のところに歩み寄った。

「……おはよう。小鞠ちゃん」

「おは、ようございます。わ、私の小説さっき送った、ので……。投稿、お手伝いお願いします」

ぺこりと頭を下げる小鞠。部長はややぎこちなくうなずくと、パソコンを自分の前に引き寄せた。

「本文と……こっちがタイトルやあらすじだね。うん、全部揃ってる」

投稿画面にタイトルを貼り付けようとした部長の手が止まる。

「小鞠ちゃん。このままでいいの？」

「はい。タイトル、そのままで」

小鞠はごくりとつばを飲みながら、言葉を続ける。

「中身も、分けない。第1話は、そのままで読んで欲しい」

きっぱりと言い切った。

真っすぐな小鞠の瞳に、ようやく部長の顔から硬さが取れる。

「分かった。そうだな。その方が小鞠ちゃんの小説の良さが伝わると思う」

小鞠に向かって優しく微笑んでから、部長はしばらくパソコンに向き合った。

「よし、投稿完了。ほら、新着画面に出てきたぞ」

小鞠は画面をじっと見つめると、嬉しそうに笑顔を見せた。その笑顔のまま、部長に向き直る。

「あ、ありがとう。私、なろうのこと、分からないから。これからも教えて、ください」

「ああ、任せてくれ」

小鞠のこんな表情なんて初めて見た。俺を見る時は生ごみでも見る目なのに。

もう一人、所在なげにしている人がいる。月之木先輩が朝から静かに、離れたテーブルでポツンと座り込んでいる。

小鞠は神経質そうに手を握ったり開いたりしながら、テーブルの向かいに座る。

「せ、先輩、お、おはよう、ございます」

「お、おはよう。小鞠ちゃん」

そのまま黙る二人。重い沈黙が部屋中に充満した頃、口を開いたのは小鞠だ。

「わ、私の小説、投稿したので見てください」

「うん……。感想書くね」

「あ、ありがと、ございます」

……再び黙る二人。

しばらくぎこちない時間が過ぎた頃、小鞠が再び口を開く。

「あ、あの、明日からも部室、来てください。せ、先輩いないと、寂しい」

小鞠は恥ずかしそうに顔を伏せ、言葉を繋げる。

「そ、それに生徒会の怖い人、来るし」

「う、うん！　任せて、ちゃんと追い払ってあげるから！」

ようやく月之木先輩の顔にも笑顔が戻った。と思ったのも束の間、瞳からポロポロ涙がこぼれ出す。

「ん……あれ？　なんかごめん。急になんか。あれ？」

小鞠は慌てて月之木先輩の隣に移る。

「せ、先輩。私、だ、大丈夫ですから。だから」

「小鞠ちゃん……もう来てくれないかと思った。ありがとね……ありがとね」

すすり泣く月之木先輩の身体に手を回す小鞠。

しばらくして落ち着いた頃、目元を拭いながら顔を上げる月之木先輩。

「……小鞠ちゃんの小説、いつも面白いもんね。今回のも楽しみにしてるよ」

「あ、ありがとございます。せ、先輩も何か書いてなかったですか？」

「それがね。私の奴、全年齢版に編集したら、20行くらいで終わっちゃって」

月之木先輩はしゃくり上げながら、不思議そうにスマホを眺める。

「これじゃ私の小説、エロしかないみたいじゃない」

いや、その通りなのでは。数字は嘘をつかない。

「せ、先輩もみんなのところ、行きましょ」

「うん、そうね」

……手を繋いで皆のいるテーブルに来る二人。部長が笑顔で迎える。

もちろん、これでハッピーエンドなわけではない。玉木部長と月之木先輩は付き合いだしたし小鞠は振られた。それは変わらない。

今まで通りではいられない。こうやって少しずつ、新しい関係性を築いていくしかない。俺はそこから離れていただけで、みんなそうやって暮らしているし、生きている限りは逃げられない。

俺にも逃げられない時が来るのだろう。なにより目の前の部員たちの関係性の中に、俺も既に含まれている。

遠いところに来たような不思議な気分で部長たちを眺めていると、横から一枚の紙が差し出される。

「はい、ぬっくん。これ、なんとかいうサイトに載せるんでしょ？」

差し出された手は、一日でさらに深まった小麦色。

「これ、絵日記？」

「そう。ロビーに色鉛筆があってさ。それ使って絵日記書いたの」

昨日の海水浴の光景だ。あれ、この焼塩らしき人型と手を繋いで倒れてるのは。

「ひょっとして、俺？」

「へへー、良く分かったね。これ、ぬっくんだよ」

見ようによっては、焼塩が死体をひきずってるみたいだ。

「へえー、いいじゃないか。面白いぞ」

横から覗き込んだ部長が感心したように呟いた。

「ただこれ、なろうには乗せられないな。あそこ、文章を乗せるとこだし」

「じゃあ文芸部のアカウント作って、Twitterにアップするのはどうでしょう」

俺の提案にポンと手を叩く部長。

「いいな、それ。最近使ってない部のアカウントがあるからそれ使おう」

月之木先輩が鼻を啜りながら絵日記を手に取った。

「確か事務室にスキャナがあったから、使わせてくれるか頼んでみる。焼塩ちゃん、一緒に来て」

月之木先輩と焼塩が連れ立って部屋を出る。

スマホで何気なく自分の小説を見る。俺が書いた小説がネットで公開されている。なんだか不思議な気分だ。

「あれ、俺の小説、すでに評価と感想が入っている」

ドキドキしながら確認すると、点数は最低評価。感想は一言、

『童貞の妄想か』

！　なんて失礼な奴だ。こいつ、ブロックとかできないのか。

……いや待て。こいつ、なぜ俺が童貞だって知っているのか。

「小鞠(こまり)……お前か、これ」

ニヤリと邪悪な笑みを浮かべる小鞠。

「つ、続きちゃんと書け。評価、付け直してやるから」

「……見てろ。満点つけさせてやる」

Intermission　ふりかえらなくてもそこに居る

宿泊施設の食堂に集まった若い男女の群れ。

中でも目を惹く一人の少女は白茶色の髪を軽く結わえると、壁に貼られた紙をゆらりと見上げた。

『豊橋市生徒会連盟　高等部中等部合同合宿』

配膳の列に並ぶのはツワブキ高校2年生、生徒会書記。志喜屋夢子。

白いコンタクト越しに、後輩たちの立ち働く姿を観察する。

その中でも特に一人、目立つ生徒に目が留まった。その少女はエプロン姿でクルクルと活発に動き回っている。

カレーの配膳を一手に受け持ち、列が動くより早くライスとルーを皿に盛っている。

腹を空かせた男子たちには多く盛り付け、女子生徒には少なめに盛り付けている――ように見える。

志喜屋はさり気に男子向けの皿を手に取り、思わず笑みを浮かべた。

……男子の皿も女子向けと量は変わらない。

女子向けは見える部分の米を丸く整え、裾野を薄く広げてその上にルーをかけて隠しているのだ。

「女子の皆さんはこちらのテーブルからお持ちください。サラダは今から配りますね」

「君……よく働く……」

声を掛けると少女は一瞬驚いてから、志喜屋のむき出しの肩とヘソを凝視した。

「えっちぃ……」

「……え……なに……？」

「いえいえ。ツワブキ高の生徒会の皆さん、とても大人っぽくておしゃれだと思いまして」

「よく……言われる」

少女はサラダを乗せたトレイを他校生に渡しながら配膳の指示をする。少女の指揮の下、夕食の準備は滞りなく進んでいる。

「君は……うちの高校を志望しているのか……？」

「はい。兄がツワブキの1年生なんです。再来年、一緒に通えたらなって」

少女は華やかな笑顔を見せると、頭から三角巾を外す。艶やかな黒髪がさらりと流れる。

「今日は貴重なお話をたくさん聞かせて頂きました。後でもっと高校の話を聞かせてもらってよろしいですか？」

「構わない……良ければ……同じテーブルに来ないか？」

志喜屋が視線を巡らせた先。手招きしているのはツワブキ高校生徒会長、放虎原（ほうこばる）ひばり。

「喜んで。すぐに伺いますね」

エプロンを畳みながら部屋を見渡す。カレーライスは全員に行き渡ったようだ。

「そういえば君……昼になにか炊いてなかったか……。赤飯……？」

「ええ、あれはちょっと挨拶用に」

意味あり気に指を立てる少女。

「そう……なのか。私は……ツワブキ高校生徒会書記……志喜屋夢子(しきやゆめこ)。君は……」

少女は見た目より重いカレーライスの皿を持ちながら、にこりと微笑んだ。

「桃園(ももぞの)中学の生徒会庶務、温水佳樹(ぬくみずかじゅ)と申します。よろしくお願いいたしますね、先輩」

～4敗目～　負けヒロインを覗く時、負けヒロインもまたあなたを覗いているのだ

合宿の翌日。月曜日の朝。

賑やかな教室で俺は無言で片肘をつき、周りの騒音に耳を傾けていた。

昨日のテレビや野球の話、共通の友人や宿題の話。朝から愚痴風のノロケ話をしている奴もいる。

他愛もない普通の会話だ。特に身構えなくたって、普通に過ごして、普通に周りを受け入れていれば普通に出来るはずのことを、クラスの連中は普通にこなしている。

「おはよーっ！」

教室の扉をくぐるなり、大声で俺の物思いを吹き飛ばしたのは焼塩檸檬。彼女の挨拶にいくつもの声が返ってくる。

焼塩は真っすぐ俺の席に来ると、机の上にカバンをどさりと置いた。

「おはよー、ぬっくん。合宿、楽しかったね」

「え、あ……おはよう」

「それでさ、これ。昨日の分」

カバンから紙を一枚。俺に手渡す。

早くも絵日記の新作か。見れば電車の横を走る女の子の姿が描かれている。

「これ何の場面？」

「昨日の帰り電車で寝過ごしちゃってさ。一駅、走って戻った場面」

何故そこを選んだ。

「じゃあ、今晩にでもアップしとく」

「頼んだねー」

焼塩(やきしお)は手を振って自分の席に向かう。女友達に挨拶しながらハイタッチ。朝からこの元気、どこから来るのだろう。

朝から人疲れがした俺は伸びをする。ふと八奈見(やなみ)の姿が目に入る。

最近の八奈見は、袴田草介(はかまだそうすけ)や姫宮華恋(ひめみやかれん)と別のグループに居ることが多い。朝からホワホワとした人好きのする笑顔で友達と談笑している。

俺が見ているのに気付いたか、八奈見は俺に軽く笑みを見せてくる。俺は気を遣って目を逸(そ)らす。

相変わらず教室で話をすることはないが、ことさら拒絶してくるわけでもない。秘密の関係、というほどでもないこの関係。

隣のクラスから戸惑い半分の笑い声が聞こえてくる。きっと担任の甘夏(あまなつ)先生が間違って入ってきたのだろう。月に二回ペースでこんなことがある。

クラスの連中も慣れたもんで、ＨＲの開始に備えて三々五々、自分の席に戻り出す。

いつもと同じ、それでも今日しかない一日が始まった。

◇

今日は昼休みに入ると同時、八奈見が教室を出た。そんな時、俺は少し遅れて待ち合わせ場所に向かう。しめし合わせたわけではないが、何となくの不文律だ。

俺は校舎をぐるりと迂回しながら、途中の自販機で牛乳を買う。さて、校舎裏を通って非常階段に向かうとしよう。

校舎の角を曲がろうとした俺は、賑やかな女生徒の笑い声に足を止めた。

聞き覚えのある声。クラスでもちょっと派手で目立つ女子のグループだ。

彼女たちにはなんとなく苦手意識がある。頭の中で迂回路を検索してると、聞き慣れた名前が耳に飛び込んできた。

——八奈見。彼女たちは確かにそう言った。

どことなく漂うザラつく雰囲気。俺は牛乳パックにストローを刺し耳を傾ける。

「八奈見さ、あれだけアピールしてたのに転校生にとられたとか。マジないよね」

「だよねー、私なら学校に来れないって」

上がる無遠慮な笑い声。

……これが八奈見の言っていた『八奈見振られた？』的な雰囲気の出所か。

もちろん、面と向かって本人に言うわけではないだろう。

だけどそんな陰口は空気に残り、周りの人の心にこびり付く。俺が水を飲み歩いていた間、八奈見はこれに耐えていたのだ。

こんな話は俺も聞かない方がいい。その場を去ろうとした俺は、次の言葉に思わず立ち止まる。

「知ってる？　八奈見最近、他の男に乗り換えたんだって」

「「マジで!?」」

……マジで？　俺は思わず壁に身体を押しつけ、耳を澄ます。

合宿中、八奈見に彼氏がいる気配なんてなかったぞ。

説明するわけにもいかず息を殺す俺の耳に、浮き足立つ女子たちのキンキン声が響く。

「相手は？　こないだバスケ部のキャプテンに呼び出されてなかったっけ！」

「ほらあいつだって。同じクラスの……ぬく……みず？」

「「ぬく……？」」

ほう。温水なんて奴が俺の他にも——って、いないよな。

つまり俺!?　俺、そんなことになっているのか？

ヤバイ。何が悪かった。昼飯を食っているのを見られた？　ファミレスか？　海でたまたま二人でいる所を見られた？

「ああ、そんなのいたよね。確かクラス名簿の……真ん中くらいに……」

他になんか印象ないのか。

嵐のように波立つ俺の心とは裏腹に、静まり返る女子たち。と、その内の一人が信じられないとばかりに大声を上げる。

「でも八奈見ってモテるじゃん！　さすがにあれはなくない?!」

「だよね。八奈見、趣味悪いよね」

「うん。顔、分かんないけど」

頭の中を今までの光景がぐるぐる回る。

俺なんかと噂になったら八奈見は。

なにより彼女は――まだ袴田のことが好きだ。

「やっぱさ。八奈見、ちょっと可愛いからって調子乗ってたんじゃない？　まともな男は近付かないでしょ」

「ある意味お似合いよねー」

再び上がる笑い声。俺はそれ以上聞いていられずにその場を去った。

握りつぶした牛乳パックを投げ捨てて。

◇

「いやいや、温水（ぬくみず）君。今朝のあれ、ひどくない？」

その直後の非常階段。八奈見（やなみ）は開口一番、待ちかねていたかのように抗議をしてきた。

「え、ひどいって。何が」

「私が合図したのに無視したでしょ？」

「いや、ほら。俺と関わりがあるとかクラスの連中にばれるとマズいだろ？　気を使ったんだって」

言いながら、さっきの女子グループの噂話を思い出す。

胸が締め付けられるようなこの感覚。一体何なんだ。

「だって同じ部活じゃん。少しくらい絡んでも、変なことないでしょ」

「ごめんって。無視したわけじゃないから」

「なら、いーけど」

一応納得したのか。八奈見は弁当の包みを取り出した。

「合宿さ、色々あったよね」

「え？　ああ、そうだな」

色々あったが、楽しかったのは確かだ。

俺も小説の続きを少しだけど書き出した。小説を書くって孤独な作業だと思ってたけど、仲間がいるって不思議な気分だ。

「私の料理の腕も披露できたしね。さあ、今日のお弁当はこちらになりまーす」

なんか披露されたっけ。思い出せない俺の前で八奈見が弁当の蓋を開ける。その中にあるのはサンドイッチだ。コンビニではなく、手作りの。

具はハムとレタス、玉子に……あれ、三種類目は何だ。キュウリの輪切りが見えるけど。

俺は気になって手に取った。

「キュウリと……これ、もろみ味噌?」

つまりは『もろきゅう』か。キュウリの歯ごたえと、もろみ味噌の甘い塩味。

「ねえ、味はどうかな?」

「そうだな。……うん、意外と大丈夫。悪くはないかも」

パンがキュウリの水を吸ってるけど。

「あえて言えば。ちゃんとパンにマーガリン塗った方がいいかな」

「あ、忘れてた。じゃあ評価低いかな?」

そうか。金額をつけないとな。えっと、残りの借金はいくらだろう。

サンドイッチって材料の下処理とかなんかで、意外と手間かかるんだよな。まあ、５００円くらいは付けてあげても――

『ある意味お似合いよねー』


ふと、さっきの噂話が頭の中を巡りだす。

クラスでも目立って可愛い八奈見と背景キャラの俺。

お似合いどころか、俺が八奈見を一方的に堕とすだけだ。

「温水君、どうしたの？」

「……2，867円」

「え、最高記録更新、というか」

一瞬喜びかけた八奈見は不思議そうに首を傾げる。

「あれ、確か借金の残額がその位じゃなかったかな」

「そうだな。これで完済だ」

「あのさ。これ、普通のサンドイッチなんだけど」

わけが分からないとばかりに、弁当と俺の顔を見比べる八奈見。

……八奈見杏菜。正直、こいつのことは未だに良く分からない。

どこまでが冗談で、どこから本気か全然分からないし。

面白がってやたら俺を振り回してくるし。

「なんか俺。まるで八奈見さんの弱みに付け込んでるみたいでさ。こういうの良くないかなって」

本来、俺なんかと話をしてくれる人ではないはずだ。

クラスカースト上位の可愛い女子で人気があって明るくて。

適度におバカなキャラも演じれて、でもちょっと泣き虫で。

「弁当、美味しかったよ。いままでありがとう」

そして十二分に素敵なヒロインだ。袴田の奴、きっと後悔する日が来るぞ。

……俺を黙って見つめていた八奈見は、落ち着いた声で話し始めた。

「最初は確かにお小遣いが足りなくて始めたんだけど。楽しかったこともあったし」

もろきゅうのサンドイッチを手に取ると、一口かじる。

「そういう雑な終わりって嫌かな、少し」

サンドイッチの断面を眺めて、どこか不穏な空気をまといながら。

「俺と二人で昼ご飯食べてるって、噂になっちゃってるみたいでさ」

言って、八奈見の反応を見る。

彼女は身じろぎもせず、パンに染みた緑色を眺めている。

「俺と変な風に思われると、八奈見さんも嫌だろ」

沈黙が不安になった俺は言葉を継ぐ。

「八奈見さんは友達もたくさんいるんだし俺なんかと――」

「あのさ、ちょっと話についていけなくて」

八奈見は俺の言葉を遮ると弁当の蓋を閉じる。

「なにか私、君を嫌な気持ちにさせた?」

「違っ!」

思いがけず出た大声。俺は首を振ると、もう一度言い直す。

「……違う、嫌なんかじゃない」

「ほんとかな」

八奈見の顔から俺は目を逸らす。

だけど——俺が嫌なんだ。

俺が知り合った八奈見は袴田(はかまだ)のことが好きで。

あいつのことを今も好きな八奈見がここにいる。

だから本当の八奈見と違う姿を。八奈見の気持ちと違う噂を、俺は認めたくない。

「こんな噂が流れることが。俺が……嫌なんだ」

ようやくそれだけ言い切ると、手元の食べかけのサンドイッチに目を落とす。

八奈見からの返事はない。

何かを言わなくてはいけない気がして続く言葉を探していると、八奈見は弁当箱を俺の膝に載せてきた。

「……分かった。うん、分かったよ」

八奈見は会話を強めの口調で打ち切る。

「これからは話しかけないようにする」

きっぱりと言い切り立ち上がる八奈見。

「今までありがとう、割と楽しかったよ。じゃあね」

取り付く島もない。八奈見は早口で言い捨てると弁当箱を俺に押し付け、階段に姿を消した。

……全部終わった。たったこれだけのやり取りで。

八奈見、最後は俺の方を見ようともしなかった。

一度くらいは振り返ってくれる。それを期待していたのかもしれない。

一人になった階段で俺は弁当箱を開ける。

今日の弁当は手作りサンドイッチが綺麗に並んでいる。見れば彩りの為か、隅っこにプチトマトが2個。

きっと朝早くから準備をしてくれたのだろう。俺たち二人の昼食会のために。

終業式の三日前。俺は既に傍にあった色々を失ったことに初めて気付いた。

◇

夕飯もろくに喉を通らず、俺はベッドに寝転んだ。

何度目だろうか。今日の昼休みのやり取りを頭の中で反芻する。

……あれで良かったのだ。

恋人どころか友人なのかも微妙な俺と八奈見。住む世界が違い過ぎる二人の交流があのまま続いたとは思えない。

何より俺のせいで彼女が悪く言われるのだけは――

「お兄様、元気がありませんね。学校で何かあったのですか？」

袋小路に捕らわれたように、堂々巡りの物思いに耽っていた俺の横。いつの間にか佳樹がころんと添い寝をしている。

「……佳樹、兄のベッドに勝手に入り込むのはいけないぞ」

俺は天井をボンヤリ見つめたまま、突っ込む気力もなく普通に注意した。

佳樹はクスクス笑いながら頬をつついてくる。

「ふふ。まさか振られたとか？」

「まあ、そんなとこかな」

俺の何気ない返事に佳樹が殺気立つ。

「お兄様っ?!　やっぱり最近、怪しいと思ってたんです！」

「え？　いやいや、言葉の綾だよ。俺、そんな相手いないし」

ふと、八奈見の無防備な笑顔が目に浮かぶ。俺は佳樹の疑わし気な視線から逃れるように背を向ける。

「ひょっとして。キャンプ場で一緒に肉を焼いていた可愛い女の人ですか？」

「え。なんであいつを知ってんだ!?」

思わず飛び起きた俺をにこりと見つめ返す佳樹。

「お兄様、やっとこっち見た」

「お前、あそこにいたの？　てゆーかどこまで見てた？」

「んー。じゃあ、あの人のことを教えてくれたら答えます」

悪戯(いたずら)っぽく唇に指を当てる。

「あ、強引に口を割らすのもあり、ですよ？」

佳樹(かじゅ)の言葉を無視して、もう一度ベッドに寝転がる。

「あのな、彼女はただの部活の同級生。あいつ、好きな奴いるしな」

「じゃあ、もう一人のショートカットの方ですね？　お兄様にはああいった明るい方も合います」

「あいつもただの同級生。彼女も好きな奴いるぞ」

佳樹は少し考えて、ポンと手を叩く。

「ひょっとして、眼鏡をかけた大人っぽい方とか。でも、修羅場っぽい感じになってましたけど」

「あの人、うちの部長と付き合ってるし」

「……もう一人、地味な感じの方もいましたが」

佳樹の表情が曇る。

「いや、でも……お兄様が選んだ人でしたら……。佳樹、受け入れられるように頑張ります」

さっきから何の話だ。とにかく佳樹ががっつり見ていたことは良く分かった。

「だーかーらー。そんなんじゃないからな。ちょっと合宿の疲れが出ただけだ」

俺は佳樹に背を向ける。

「お兄ちゃん、少し休むから。佳樹はもう戻りなさい」

「いーえ、お兄様の本命を教えてもらうまではテコでも動きません。お兄様にふさわしいかどうか佳樹がちゃんと見極めないと――きゃっ！」

佳樹にタオルケットを掛けると丁寧に包む。これで少しは静かになるはずだ。

「……佳樹は今、お兄様の香りに包まれています」

俺の妹がなんか気持ち悪いこと言ってる。

「全身にお兄様の気持ちが伝わってきます。佳樹はその想いを汲んで、必ずやお兄様に最高の伴侶を――」

その上、もっとやかましくなった。

更に上から布団を被せると物思いを再開する。

俺の選択、行動。そして八奈見(やなみ)との最後の会話――

なにも答えが出ないまま、俺は言葉にならない自分の中の感情と向き合い続けた。

《貸付金残高：０円》

◇

翌日、終業式まであと二日。

一人切りの昼休み。いつもの日常が戻ってきた。

すっかり馴染んだ非常階段でツナパンと牛乳の簡単な食事を済ませると、スマホで小説の続きを書き、タイミングを見計らって教室に戻る。

昼食会の終了からたった一日にも関わらず、遠い日の思い出のようだ。本当に俺と八奈見は一緒に昼を過ごしていたのだろうか。

俺は誰と話すでもなく、チャイムまでの時間を気にしながら席に座った。

クラスで友人と楽しげに話す彼女に横目で視線を送る。

「どうしたの、ぬっくん。なんか元気ないねー」

俺の孤独に割り込んできたのは焼塩だ。しゃがんで俺の机に肘をつき、顔を見上げてくる。

「安心してくれ。俺は日頃から元気ないんだ」

焼塩よ。悪いが俺はいま悩んでいるのだ。お前がいくら可愛くたって、いちいち構ってられない――

「ふうん。その割には視線が誰かさんを追ってない?」

……こいつ。教室で何を言うのか。

言葉に詰まる俺の姿に、焼塩は日に焼けた顔に笑みを浮かべ立ち上がる。

「良く分かんないけどさ。ちゃんと話をしないと後悔するよ」

「……後悔？」

オウムのように繰り返す俺の背中をばしんと叩くと、焼塩は白い歯を見せて笑う。

「先輩からの忠告だよ」

実感のこもった重い一言である。

その日の放課後。俺は人気(ひとけ)のない廊下をふらふらと部室に向かっていた。

昼食会がなくなって気付いたことがある。学校での一日が妙に長く感じる。

昨日までは朝から昼飯のことを考え、終われば昼飯のことを思い返していた。それに比べれば、今日の俺は抜け殻と言ってもいい。

「……って、俺は飼い犬か」

俺に一つだけ残った学校での予定は放課後の部活だ。

小鞠(こまり)の憎まれ口を聞きに行くようなものだが、下駄箱の混雑回避に役に立つ。

部室のドアノブを回すと鍵は開いている。いつも一番乗りは俺か小鞠のどちらかだ。あいつ、もう来ているのか。何気なく扉を開けた俺は思わず固まった。

「八奈見さん」

そこにいたのは八奈見杏菜。

本棚に伸ばした手を戻すと、感情の読み取れない瞳に俺を映す。

「ああ、温水君。久しぶりだね」

昨日どころか、さっきまで同じ教室に居たのだから久しぶりも何もないけど。だからって、これ以上の言葉も見当たらない。

「来てたんだ。部活、出るの？」

「今日は本を返しに来ただけだよ。友達と約束あるし、帰るね」

八奈見は目を逸らしつつ、カバンを肩にかける。

部室を出ていこうとする八奈見の後ろ姿。それを見送る俺は気付いた。

理屈じゃない。理由を説明なんてできない。だけど確かに俺には分かる。


——今なにも言わなければ、彼女と二度と関わることはない。

「八奈見さん、いいかな」

「……なに？　友達を待たせてるから手短にね」

八奈見は振り向かないまま、静かに答える。その口調に俺は思わず怖気つく。

「話がないなら、私」

「待って、八奈見さん」

気持ちを伝えられなかった八奈見と焼塩。その迷いと後悔。

「ここ最近、ずっと一緒に弁当食べてて。やっぱ俺、楽しみにしてたみたいでさ」

届かないと分かっていながら伝えた小鞠。その強さ。

「だから――」

「だから？」

被せるような八奈見の言葉。

だから……？

勿論俺たちは恋人ではない。友人――と言えるほどの仲ではない。

貸したお金で結びつけられていただけの朧げな関係。

「俺も……楽しかった。それだけは伝えたくて」

八奈見はドアノブを握り締めたまま、しばらくその場にたたずんでいる。

二人の間に必要な時間が全て過ぎた頃。

「……そう」

抑揚のない口調でそう言うと静かに扉を開ける。

廊下から差し込む逆光の中、振り向いた彼女の表情は俺からは見えなかった。

「それじゃ――私、行くね」

なにも手につかないまま迎えた翌日。終業式は明日に迫っている。

教室は夏休みを目前に控え、どこかそわそわした雰囲気だ。甘夏（あまなつ）先生が間違って朝のＨＲで通知表を配ろうとしたのもご愛嬌（あいきょう）。

今学期最後の昼休みだ。非常階段で時間を潰すのが習慣になった俺は、グラウンドを眺めながらカレーパンをかじっていた。

最高気温が３５度を超え、昼練は禁止。勝手に走っていた焼塩（やきしお）が体育教師に連行されるのが遠くに見える。

「あいつ、なにやってんだ……」

グラウンドからの乾いた風に目を伏せる。パンに付いた砂埃（すなぼこり）を払っていると、階下から足音が聞こえる。

俺は思わず背筋を伸ばした。

「こ、ここにいたのか」

何かを期待する俺の前、姿を現したのは小鞠知花。無遠慮に隣に並んでくる。

「小鞠、どうしたんだよ」

「お、お前だろ。ここで食べろって、言ったの」

そうだった。過去の俺、余計なことを。

「そ、それに。温水が、ふ、振られたって聞いて」

堪え切れないのか、思わずニマリとする小鞠。

「な、なんか、ざ、ざまあみろって思ったから。我慢できずに、来た」

こいつにオブラートをダースで送り付けたい。

「なんでお前、知ってんだよ」

「ぶ、部室であんなのやってたら、当たり前だ」

「つーかそもそも俺と八奈見さんそんなんじゃないって」

「往生際、悪い奴、だな」

小鞠は紙袋に手を突っ込むと、バターロールをモサモサと食い始めた。スーパーで6個いくらで売ってる奴だ。

「そ、そもそも温水だけ幸せになろうとか。な、生意気」

「ああ、お前ってこないだ振られたもんな」

「う、うるさい！」

しかし、外野から見たらあれは色恋沙汰に見えるのか。

そんなんじゃなく、あれは——あれは——一体何だったんだろう。俺は苦笑いをする。

……そもそも俺は八奈見(やなみ)の何者でもないのだ。借金が0になって一時的な繋がりがなくなった。それだけだ。

その事実にすっかり食欲をなくして、食べかけのカレーパンを袋に戻す。

「お前、昼飯それだけか？」

見れば小鞠(こまり)は二つ目のバターロールを眉をしかめながら食っている。こいつ、飲み物も持たないのか。思わず自販機で買った牛乳を手渡す。

「これやるから。飲まないと喉詰まるぞ」

「い、いいのか。温水(ぬくみず)は？」

「俺、水筒持って来てるから。お茶飲むよ」

「成分、無調整……」

目を輝かせてストローを刺す小鞠を見てると、野良猫を餌付(えづ)けしている気分になる。

とはいえ、野良に無責任に餌(えさ)をあげるのは良くない。適度な距離を保つか、もしくは責任をもって飼うか、だ。

俺の視線に気付いた小鞠が警戒気味に見返してくる。

「か、返せと言っても、もう遅いからな」

……そういえば思い出した。

我が家はペット禁止だ。

予想通り小鞠と大して会話が弾むわけでもなく、俺は昼休みを半分残して旧校舎を後にした。

まあ、今日は小鞠に非常階段を譲ってやるとしよう。

「温水、ここにいた。探したんだぜ。――あ、おい、ちょっと待てって！」

一瞬、話しかけられていると気付かず通り過ぎそうになる。

俺に声を掛けてきたのは八奈見の想い人、袴田草介（はかまだそうすけ）。

「え……なに？」

はて。なんで今日は俺に構う奴が多いのか。

「悪い、ちょっと人前じゃなんだし。こっち来てくれるか」

言われるがままに着いて行くと、そこは人気のない旧校舎裏。

……この流れは。そうか。きっとあれだ。

「温水、悪いな。話ってのは他でもない――」

俺は黙って財布を差し出した。

「なんで財布出してんだ？」

「え、いや。そういう流れかなと思って」

俺はそそくさと財布をしまう。間違った。この流れではなかった。

「温水ってボケるキャラだったんだな」

言って笑う袴田草介。ボケと取ってもらえて幸いだ。

じゃあ何の用だろう。袴田は少し言いにくそうにしながら辺りを見回す。

「温水お前……最近、杏菜と会ってるんだろ？」

杏菜。ああ、八奈見のことか――

「――えっ⁈　いや、そうだっけ？」

慌てる俺を見て袴田は表情を緩める。

「隠すなよ。旧校舎の方で、結婚してくれとか二人きりがどうとかいちゃついてるカップルがいるって。結構噂になってるぜ」

えー、なんだそれ。誤解にもほどがある。

「いやいや、違うって。その、全部が違うわけじゃないけど根本が違うから」

「照れるなって。いつの間にそんなことになったんだよ」

そもそんなことになってないし、そもそもなんでこいつは俺を呼び出したんだ。

つまりあれか。俺の幼馴染に手を出すなとか、そんな展開なのか？

袴田は体育の時間でもひときわ目立つスポーツマンだ。荒事になれば勝ち目はないが、俺も男だ。２秒くらいは——

「杏菜のこと、よろしく頼むな！」

いきなり深く頭を下げる袴田。

……は？　なにそれ。俺は何を頼まれたんだ。

「ちょっと待って！　色々なんか誤解があるぞ」

「それに俺も嬉しくてさ。杏菜に好きな奴が出来たなら、応援してやりたくて」

「いや、だから……」

なんでこいつは人の話を聞かないんだ。それともこいつ難聴か。主人公か。

「悪いな。俺、お前のこと良く知らなかったから、ちょっと話がしたくってさ」

「あ、うん。それはいいけどさ」

そもそも八奈見は袴田に振られてんだし、こんな勘違いなんてどうでもいいかもしれない。

とはいえ、なんだろう。このモヤモヤは。

袴田は悪意の欠片もない笑顔を俺に向ける。

「良ければ今度四人で遊びにでも——」

「いや、だから待ってくれ」

「あ、悪い。いきなり俺ばっかり話してるよな」

悪いのはそこじゃない。

……ああそうだ。今、大切なのはただ一つ。

俺は開き直りにも似た気持ちで袴田に詰め寄った。

「……八奈見さん、袴田のことが前から好きだっただろ」

「え、おい。突然どうした」

「知ってただろ？　彼女が自分のこと好きだって」

なんで八奈見と友達でもない俺が、彼女を振った男にこんな話をしてるんだ。

袴田は戸惑った様に目を逸らしながら、照れ隠しに鼻の頭をかく。

「まあ、その。そうだとは思ってたけどさ。だから、新しく好きな人が見つかればと」

「あいつ、お前のことが今でも好きなんだよ！　現在進行形で！　誤解でそれを上書きしちゃうのは駄目だろ！」

勢い任せに言ったはいいが。さて、この会話の着地点はどこだろう。ああ、そうだ。もう一つ言っておかないと。

「……それと、俺と八奈見さんそんなんじゃないから」

「じゃあ、どうして一緒に飯食ったりしてたんだ？」

お前がファミレスで八奈見を振ったりステーキセット食ったりしたからだろ。せめて八奈見がデザートにうどん食ったりしなければ。

つまり——

「二人が食べ過ぎだからじゃないかな」

「え？　何の話だ」

またも会話の着地点が逃げ出した。

「いや、こっちの話」

それにしてもこいつめんどくさい奴だな。ラブコメの主人公が実際にいたらこんな感じなのだろうか。

自分を棚に上げてそんなことを考えていると突然、袴田が顔を引きつらせた。

なんだ突然。まるで野生の熊にでも出くわしたような顔をして——

思わず視線を追ったその先に、わなわなと震える一人の女生徒。

「っ！　杏菜(あんな)！」

「あの、二人共……さ、さっきから何の話してるの、かな？」

怒りか羞恥(しゅうち)か、顔を真っ赤に染めて俺たちを睨(にら)みつけている。

「八奈見さん、どうしてここに!?」

「小鞠(こまり)ちゃんが連絡してきて。温水(ぬくみず)君がイケメンの不良に絡まれてるとか、シチュに滾(たぎ)るとか言ってたから。ひょっとしたらと来てみたんだけど――」

袴田と俺の顔を信じられないとばかりに交互に見比べる。

「……で、どゆこと？」

さて、どう言うことだろう。俺もいまいち分かっていない。そして小鞠が何に滾ってるかも分からない

「というか、温水君。君いま、草介に何て言ってた――？」

「えーと、あのー、限定のガリガリ君チョコミントが美味しいよねーって話を」

「……ホントのこと言おうね。今なら許してあげるよ？」

絶対嘘だ。俺を見る目が殺し屋のそれだ。

全部バレてる気がするが、ここは決して認めてはならない。我が国では素直に罪を認めるよりも、黙ってて後からバレた方が何故だか罪が軽いのだ。

「待ってくれ、俺が無理に全部聞き出したんだ。温水は悪くない」

俺を庇おうとしたのか。袴田が余計なことを言い出した。

八奈見の足がガクガクと震え出す。

「全部?!　全部って、どの全部っ?!」

ついには八奈見の震えがチワワを超えて危険水域に。それを止めようとでもいうのか、袴田が震える八奈見の肩に手を置いた。

「悪い、杏菜。お前に新しい恋が見つかればいいと思って」

「え？」

ようやく事情を察したか、八奈見は途端に顔を青ざめさせる。

「……そういうの、やめて」

さっきまでの殺気が消え失せ、八奈見の身体がひと回り小さく見える。それを知らずか袴田は更に八奈見に詰め寄った。

「お前には幸せになって欲しいんだ。俺なんかよりもっといい奴が――」

「やめて――」

八奈見の身体から力が抜けそうになった。その瞬間、身体が勝手に動いた。袴田の手を摑むと二人の間に割って入る。

「もうやめろって！」

分かってる。場違いだ。俺の出る幕じゃない。

それでも俺は。

「あのさ、袴田！　振るのは全然いいんだよ！　八奈見さんだろうと誰だろうと自由にバンバン振りゃあいいんだけどさ！」

……今度こそ八奈見の視線が俺を殺しにかかってる気がする。

「だけどさ、八奈見さんの気持ちを勝手に決めちゃったらさ！　彼女がお前のこと好きだったことか、その気持ちがどっかいっちゃうだろ！」

モヤモヤとしていた気持ちが言葉になってあふれ出す。

「幸せになってほしいとか、新しい恋がどうとか振ったお前が言うなよ！　お前だけはそれ言っちゃダメだろ！」

……ああ、畜生。袴田の奴、近くで見てもカッコいいな。

見た目だけじゃない。誰相手でも偉ぶらなくて優しいし、今だって俺が勝手に切れてるだけだし。

俺は八奈見との付き合いとか、こいつと違ってほんの短い間だ。もちろん特別な存在でも、近い存在でもないけれど。

それでも俺は、八奈見の涙も強がりも——すぐ側で見てきた。

「友達として静かに見守ってやれよ！　振ったからって自分の罪悪感に彼女を巻き込むな！」

慣れない大声を出した俺は思わずむせて咳き込んだ。

袴田が心配そうに俺の背中をさする。

「おい、大丈夫か？」

「あ、ああ……大丈夫……」

……我ながら、勢いだけでカッコ悪いことはなはだしい。

俺もこいつくらい魅力的な男なら、八奈見と正面から向かい合えたんだろうか。

ふっと身体(からだ)から力が抜ける。

「……そうだな。温水(ぬくみず)、お前の言う通りだ」

「え？　ああ、うん。俺こそ一方的に言ってゴメン」

思わず謝ると袴田が手を差し出してきた。俺もおっかなびっくり手を伸ばし——

「振られた振られた言うなっ！」

叫び声と同時。突き飛ばされる俺。

「あんたら二人、なにちょっとイイ感じで締めようとしてんのよ！　勝手に納得しないで！　頭にタピオカでも詰まってんの?!」

「え、えーと」

八奈見がアクセルべた踏みで俺たちに突っかかってくる。

最初の犠牲者は袴田だ。八奈見は両手で奴の胸元を摑(つか)むと、グッと顔を近付ける。

「草介(そうすけ)のことずっと好きだった！　今でも好き！　全然ふっきれてなんてない！」

「杏菜(あんな)、ごめ——」

「でも、謝んな！　私の次の恋とか大きなお世話！」

八奈見は大きな瞳に十二年分の想いを潤ませ、袴田の胸に顔を埋めた。

「まだまだあなたのこと好きだから！　だから、姫宮華恋（ひめみやかれん）と幸せになれ！　勝手に幸せになっちまえ！」

涙声でそう言うと、しばらくそのまま動こうとしない。

……俺、ここに居ていいのか。

離脱するタイミングを見計らっていると、八奈見（やなみ）が袴田（はかまだ）の胸から顔を上げる。

「私もあなたのこと勝手に好きでいるし、いつか勝手に他の人を好きになるから！」

何かが吹っ切れたのか。八奈見はパッと両手を離すと、袴田を突き飛ばす。

次の獲物を探すかのように、ギギギと俺に顔を向ける。怖い。

「温水（ぬくみず）君っ！　で、君とは何の話だっけ！」

「えー、まあ、俺とは特にそんな何も」

「だよねっ！　特に何もないけどっ！」

ゴツン、と俺の頭を叩く八奈見。痛い。

「えーと、今俺叩かれたのは」

「意味なんてないっ！」

えー、そんな馬鹿な。混乱した俺が立ち尽くしていると、八奈見は俺の胸に指を突き付け、グイグイと攻め込んでくる。

「あのね、君がしたのは私のことを考えてかもしれないけど！　誰と誰の仲がどうとかこうと

か。自分の中で勝手に決めて、勝手に突っ走らないで！　ちゃんと事前にコンセンサスを取ってください！」

「でもほら……話しかけちゃいけないと思って」

俺の言葉に、八奈見（やなみ）は本気で呆（あき）れたような顔をする。

「勝手に話しかけてくればいいじゃん！　好きにしなよ！」

「え、いいの？」

「学校で人と話すのに許可とか必要っ⁈　どんな世界観なの⁈」

でも、勝手に女子に話しかけたりしたらマズくないか……？　俺の生きてきた世界線では完全にギルティである。

「だって俺に話しかけられたら……迷惑かなって」

「そんなん私が決めることだし！　それにさ、相手がどう思ってるかなんて私にだって分かんないよ！」

えー、まあ……そうかな……そうかも……

俺は確かに挙動不審だし。ボッチだけど。

誰かと一緒にいるのもいないのも。話をするのもしないも。どう動くかは全部自分で決めなきゃいけないってことか。

そしてそれをどう受け止めるか、どう応えるかは相手が決めること。

「つまり、俺が八奈見さんに話しかけても大丈夫……ってこと？」

「時と場合による！」

そりゃそうだ。思わず口元が緩む俺を、八奈見が怪訝そうに見る。

「え、どうしてちょっと喜んでんの。キモイよ、温水君」

「いやまあちょっと。八奈見さん、ありがと。色々と」

「……相変わらず、君は良く分かんない人ね」

八奈見は大きな溜息をつくと、ヤレヤレと首を振る。

「とにかく、二人とも反省してっ！」

「「はいっ！」」

声の揃ったいい返事。袴田と心の通じ合った瞬間である。

「で、草介。ちゃんと温水君にゴメンしなさい」

なんでだ。良く分からんが俺にぺこりと頭を下げる袴田。

「温水、悪い。なんか勝手に巻き込んで」

いやいやそんな、と恐縮する俺。なんだこのやり取り。

「で、温水君。私にゴメンしなさい」

「え？」

ますます何だか分からんが、ここは言うことを聞いといた方が良さそうだ。

「ごめんなさい。もう迂闊（うかつ）なことは言いません」

「よし。許してあげる」

八奈見（やなみ）は腕組みをして満足そうに頷いた。

……ふと、不思議そうに首をかしげる八奈見。

「で。この話の落としどころはどこなの？」

さてどこだろう。三人で顔を見合わせる。昼休み終了の予鈴が鳴る。

八奈見は睫毛（まつげ）に溜まった涙を拭いつつ、俺たちに笑ってみせる。

「とりあえず、二人とも教室に戻ろっか。はい、回れ右！」

俺たちは勢いに押されて回れ右する。その背中を両手で思い切り叩くと、八奈見は俺たちの間を通り抜けて走り出す。

「さ、二人とも遅れちゃうよ！」

振り向きざま、手を振る八奈見。袴田（はかまだ）が俺の肩に手を置く。

「行こうぜ、温水（ぬくみず）」

「あ、ああ」

苦笑を浮かべた顔を見合わせると、俺たちは並んで八奈見の背中を追った。

◇

翌日、一学期の最終日。

終業式を終えて浮き足立つ俺たちに、甘夏先生が教壇の上で声を張り上げる。

「はい、出席番号順に取りにこーい」

名前と顔が一致していない感アリアリの甘夏先生から受け取った通知表。席に戻って開いてみる。

高校生最初の成績は可もなく不可もなく。それより目が留まったのは所見欄だ。

『委員会活動を熱心にしている』

……誰と間違えているんだ。ってことは誰かが代わりに『クラスに友達がいないようです。家での様子はどうですか？』とか書かれてるのか。今夜は家族会議だ。

頬杖をつき、通知表の見せ合いっこをしながらはしゃいでいるクラスの連中を見渡した。

騒いでるかと思った焼塩の奴は、机に突っ伏して頭を抱えている。あいつも家族会議だな。

「温水お前、国語と数学得意なんだな」

俺の通知表を覗き込んできたのは袴田だ。

「ああ……でも他はパッとしないけどな」

「俺、数学が補習だぜ。夏休みも学校に来るなんて勘弁だ」

「あれ。袴田って帰宅部なんだ」

意外だな。親近感ポイント＋1だ。

「俺、外でクライミングのチームに入ってるから、部活出来なくてさ」

え、何こいつ。学校だけでは飽き足らず、学外でもそんなんなのか。昨日から積み上げた親近感ポイントが一瞬で吹き飛んだ。

「じゃあ、今度皆でカラオケでも行こうぜ」

言って姫宮(ひめみや)の机に向かう。こんな普通の社交辞令についつい惚(ほ)れそうになる。本物の陽キャって性格がいいってホントなんだな。超絶、無神経な奴だけど。

ふと横目で八奈見(やなみ)の姿を追う。友達と通知表を見せる見せないではしゃいでいる姿はいつもの八奈見だ。

「おーし、みんな気が済んだら席につけ。でないと夏休み始まんないぞー」

一通り皆がはしゃぎ終えたタイミングで、甘夏(あまなつ)先生の大声が響く。

それを聞いて皆、いそいそと席に向かう。全員が落ち着くのを待ってから、甘夏先生は小さい身体(からだ)で重々しく話し出す。

「お前らに夏休みの心得を伝えよう」

コホンと咳払(せきばら)い。

めずらしく真面目な態度に皆の視線が集まる。

「これから約四十日。ただ無為に過ごすのではなく、目的意識を持って過ごして欲しい。日々は繋がっていて、今の一日一日が早くは二年後の受験にも関わってくる」

なんかまともなことを言い出した。神妙な気持ちで次の言葉を待っていると、甘夏先生は重々しい口調で話を続ける。

「先生って夏休みが長くていいですねー、とか言う奴らがいるが」

何か辛（つら）い記憶を思い出したらしい。突然、拳で教卓を殴りつける。

「そもそも普通に勤務日だ！　公務員だぞ！　つーか補習はあるし、この時期に研究授業の準備や教材作成、会議に勉強会や部活の遠征や校務の整理とかやっとかないと――」

突如あふれ出す先生の闇。教室は水を打ったように静まり返る。

「二学期の私はVTuberになってるぞ?!　お前ら、パケ死するぞ?!」

その時はガラケーにします。

「お盆に休み取ったら嫌味言われるって意味分かるか?!　他の時期に取ったらやっぱり、みんな忙しいのにいいですねーとか嫌味言われるんだぞっ?!」

愚痴だ。完全に愚痴になった。先生、それって生徒に聞かせる話じゃないです。

「つまりっ！　夏休み！　お盆の同窓会に先生は勝負をかけてるんだっ！　くれぐれも非行や淫行や淫行で先生の貴重な有給を潰すなよ！　順番はきっちり守れっ！」

……先生、何の話ですか。

とはいえ所詮我々はティーンエイジャーの若造だ。先生の勢いに完全に飲まれて静まり返る教室。

荒い息を整えると、甘夏先生は出勤簿を教卓に叩き付け、ターンと乾いた音を響かせる。

「色々言ったが、先輩からの老婆心と思え。それじゃお前らっ！　夏休み開始だっ！」

ついに今学期も終わった。腕時計に目をやるとまだ昼前だ。

俺は喧騒から逃れて旧校舎の非常階段からすっかり夏めいた雲を眺めていた。今日は部活もほとんどが休みらしく、グラウンドの人影もまばらだ。

いつもの癖で買った牛乳のパックを手で弄ぶ。さて、これからどうしよう。

確か『冒険者になるため旅立った双子の妹が鬼ギャルになって帰ってきた』の新刊が出てたはずだ。まずはそれを買ってから、ファミレスでのんびりと——

「あ、あれ。い、いたのか」

半ば予感していたが、きっとこの日の華やかさに気押されたのだろう。姿を現した小鞠がカバンを重そうに床に降ろす。

「どうした。帰らないのか」

「す、すこし時間を潰そうかと」

ガサガサとバターロールを取り出す小鞠。多分、昨日の残りだ。

俺は牛乳を小鞠に差し出す。

「やるよ。まだ手を付けてないし」

「え、や、催促したわけじゃ」

言葉と裏腹、目を輝かせる小鞠。

「きょ、今日は特濃……10円、高いやつ……」

良く分かったな。餌付けのし甲斐があるというものだ。

「終業式だしな」

「……で、でも悪いから、これ」

差し出した手の平には、1円と10円玉を主体とした小銭たち。

「え？　いいよ、別に」

「だ、だって温水、昨日あいつにお金、取られたんだろ？」

「取られてねーって」

「じゃ、じゃあ他の物を……取られたり？」

何故そんなに目を輝かせてるんだ。勝手に滾るな。

「心も身体も取られてねーし」

いや、心は半分取られたかもしれないな。

内心の迷いを見抜かれたか。小鞠(こまり)は見たこともない笑顔で下から覗き込んでくる。

「や、やっぱり、あ、怪しいと思っていたんだ。い、いつから、なんだ?」

キラキラと輝く瞳。上気した頬(ほお)。

え、待って。なんかちょっと普通に可愛(かわい)いんだけど。言ってる内容は頭おかしいが。

「そんなに見たって何も出てこないぞ。いいからパン、食っちまえよ」

「ふへへ……こ、こんな美味(おい)しい話、に、逃がさないぞ」

ヤバイ奴にヤバイことを知られた。月之木(つきのき)先輩辺りに一言ガツンと……いや、絶対悪化する。

困っていると階下から能天気な明るい声が聞こえてくる。焼塩(やきしお)だ。

「へー、こんな場所あったんだ。風が気持ちいいねー」

階段を上ってきた焼塩は、俺たちを見ると慌てたように振り向いた。

「ちょっと八奈ちゃん、マズいよ。なんか二人イイ感じだって」

マジか。どうしてそう見えた。

……ていうか今、八奈ちゃんって言わなかったか。

「良く分かんないけど大丈夫だよ。だって温水(ぬくみず)君だし」

失礼なことを言いながら、八奈見(やなみ)が姿を現した。

「え、八奈見さん。どうしてここに」

「どうしてって。ここ、先に私が見つけたんだよ?」

踊り場に上がってきた八奈見は意地悪な顔で俺を見る。

「あれ、本当にお邪魔だったかな？」

「馬鹿言うなって。俺こそ、他に移ろうか」

「独り身同士、仲良くしようよ」

完全にからかう口調の八奈見。と、俺たちの会話を聞いていた焼塩が目を輝かせる。

「え？　ぬっくんもなにかあったの？　ひょっとして今？　今？」

焼塩、なんでそんなに嬉しそうなんだ。そういうとこだぞ。

「そんなことより。二人してこんなとこに何しに来たんだ？」

「あたし、陸上部の待ち合わせまで時間があったからさ。八奈ちゃんの秘密基地に案内してもらいに来たの」

余程高い所が好きなのか、焼塩は手すりから身を乗り出してグラウンドを眺める。おい、落ちるなよ。

八奈見が俺の隣に並ぶ。近すぎず遠すぎない微妙な距離で。

「温水君。夏休み、文芸部って何かやるの？」

「えーと……月之木先輩が、集まって何かやろうって言ってたけど」

手すりに腹を乗せて足を浮かせつつ、焼塩がズバッと手を上げる。

「いいね、あたしも呼んで！　夏だしセミでも採ろうよ」

ホントに採りたいか？　セミだぞ。

しかし、泊まりで海水浴とバーベキューをしたかと思えば次は夏休みにみんなで遊ぶとか、完全に陽キャだ。とても文芸部とは思えない。

文芸部なんだし、薄暗い部屋の一角で孤独に原稿を書くのがあるべき姿なのでは。

浮かれて足をブラブラさせる焼塩(やきしお)を見ながら、八奈見(やなみ)が半歩、俺に近付く。

「あのさ。こないだの合宿、楽しかったよ。次はなにやるのか楽しみだね」

「だけどさ。部長も月之木(つきのき)先輩とくっついちゃったし。俺がノコノコと顔出しても大丈夫なのかな」

「だーから。こないだはみんながいて楽しかったわけで。その中に温水(ぬくみず)君もいるんだからね」

呆(あき)れたように言う八奈見。俺は気まずく目を伏せる。

「まあ……そうだけど。それで、あの……」

「ん？　なに？」

「なにってほどの話じゃないけど。いやまあ……今はいいや」

……俺たちの様子を興味深げに見ていた小鞠(こまり)。

意味あり気に目配せをすると、焼塩の制服をくいくいと引っ張った。

「うん？　どしたの小鞠ちゃん？」

焼塩に正面から見つめられ、小鞠は思わずスマホに手を伸ばす。

「あ、あの……わ、私、ランニングとか始めよう、とか思って」

小鞠は顔を伏せながら、そっとスマホをポケットに戻す。

「フォ、フォームとか、教えて、欲しい」

一瞬、目を丸くして驚いていた焼塩は、笑顔で小鞠の手を握る。

「任せて！」

「ひっ⁉」

「一緒に100m12秒切りを目指そうっ！」

「え？　わ、私、もっと長い距離が、向いてるかなって」

「それなら安心して！　あたしの考案した焼塩メソッドってのがあって」

「や、焼塩……メソッド？」

小鞠の表情が引きつる。響きからして、嫌な予感しかしない。

「100mを全力疾走できるんなら、それを15回続ければ1500mも同じように行けるんじゃない？　ってのを実証中なの」

「と、とにかく、もっと初心者向きを……リ、リハビリレベルの運動量で……」

「それじゃ焼塩メソッドの第二だね。とにかく一日中走ってれば、1500mが100mに感じるんじゃないかって実証をしてるの。まずはちょっと走ろうか！」

焼塩に引きずられて退場する小鞠が、すれ違いざま俺に呟く。

「……か、貸し、だぞ」

はい、今度は牛乳をリットルで用意しときます。

二人が姿を消した階段を眺めていた八奈見。

「なんかあの二人、仲いいよね」

「んー、まあそうかもな」

この勘違い、あえて訂正する必要もなかろう。

「なんか不思議だよね」

ポツリと呟く八奈見。

「ん。なにが？」

八奈見は手すりに肘をつき、今度は俺の顔を不思議そうに眺める。

「だって私、小鞠ちゃんも温水君もこれまで接点がなかったでしょ？　文芸部だって合宿行くまでは何する部活かいまいち分かんなかったし――」

マジかこいつ。よく合宿来たな。

「小説書いてみたら、結構楽しくてさ。小鞠ちゃんお勧めの本読んだら面白かったし。いいね、小説って――」

グラウンドではしゃぐ生徒を慈しむように眺める八奈見。

なにはともあれ、部活動を通じて前向きになれたのなら良かった。そう、良質な読書体験は心と人生を豊かに――

「読んでるとつらい現実とか全部忘れられるし。なんなら小説の中なら、全部思い通りになるもんね」

訂正。思い切り後ろ向きだ。

「えーと、八奈見さん。あまり思い詰めずに。この夏休みは出家体験とか断食道場とか行ってみたらどうかな？」

俺の言葉に八奈見は顔の前でパタパタと両手を振る。

「待って私、そんなに思い詰めてないから！　それに断食とかマジ有り得ないかな。うん、断食はダメだよ温水君！」

断食への強い拒否感。良かった、いつもの八奈見だ。

昨日の袴田(はかまだ)との色々で気まずくなるかと不安だったが、意外と普通に話せてる。

よし、このタイミングなら――

「んー？　どしたの？」

八奈見が大きな瞳をパチクリさせる。俺は胸に手を当て、大きく深呼吸をする。

「……八奈見さん。ちょっと話があるんだ」

「はあ」

気の抜けた返事。

二度ほど瞬きをしてから、八奈見は何かに思い当たったように背筋を伸ばす。

「へっ⁉　話？　今から⁈　ここで⁈」

「ああ。こんな風に二人で話をする機会って、そうそうないからさ」

八奈見は慌てたように髪の毛を直し出す。

「ちょっと待って待って！　温水君、もう一度良く考えてみた方が良くないかな⁈　物事には適切なタイミングとか――」

「何度も考えた。でもここで言わないと俺はきっと後悔する」

俺の真剣な態度がようやく伝わったか。

八奈見は髪、制服の襟、リボン、スカートの裾――と順に整えると、可愛らしくコホンと咳払い。

「え、えーと。じゃ、じゃあ……聞くだけなら」

こう改まられると俺も緊張する。もう一度大きく息を吸って吐くと、俺は八奈見に正面から向き合う。

「八奈見さん。俺と――」

「は、はい……」

緊張で口が乾く。

俺は最後の勇気を振り絞り、八奈見に向かって半歩踏み出す。彼女の肩がびくりと震える。

「――友達になってくれないか！」「ごめん！　君のことは友達だと――」

期せずして被る二人のセリフ。

……訪れる沈黙。

イソヒヨドリが一羽。手すりに降り立ち、物悲しげなさえずりをあげる。

ようやく硬直時間が解けたのか、八奈見がコトンと首を傾げる。

「……友達？」

俺はこくりとうなずく。

「……うん」

「…………」

八奈見は無言で手すりに両肘をつき、長い長い溜息をつく。

「……そっちかー」

イソヒヨドリの飛び立つ音に紛れるほど、小さく呟いた。

……あれ、何だこの空気。これは説明が必要な感じだろうか。

「ほら、貸したお金も全部返してもらったし、一緒にご飯を食べることもなくなったじゃん。確かに俺たちはクラスメイトで同じ部活だけど、だから、その、友達としてなら――」

手振り身振りを交えながら早口で釈明し続ける中、俺は重要なことにようやく気付いた。

「……ん？　八奈見さん、ちょっと待って」

「さっきからかなり待ってるよ？」

「なんかさっき俺……告ってもないのに振られてない？」

「えー、まあ、どちらかと言えば振られてたね」

八奈見は訳知り顔でうなずくと、俺の肩にポンと手を置く。

「ようこそ、振られ人の世界に」

「振られてないし、そもそも告ってないし。八奈見さん、ちょっと意識し過ぎじゃない？」

俺の言葉に八奈見は不本意そうな顔をする。

「ちょっと待ってよ！　いまの流れって完全にそれでしょ?!　で、私がそれを振って完成と言うか！」

「八奈見さん落ち着いてくれ。いいか、告白ってのはそんなもんじゃないんだ」

「え……私、温水君に恋愛について諭されてる……？」

だって考えてみても欲しい。０勝１敗の八奈見より、０勝０敗の俺の方が通算成績が良いのだ。恋愛に関しては俺が上手と言う考え方が成り立つ。

「まずだな。告白に先立って２、３年くらいは友達付き合いが必要だろ。お互いを知りつつ好意を確認し合ってから、思い出の場所とかに呼び出してようやく辿り着くというか」

「それ、プロポーズじゃん」

そんな気もする。

「つまり三年後に私は温水君にプロポーズされるってこと？　今の内に断っとこうか？」

「しないし。その予約キャンセルしといて」

相変わらず失礼な奴である。あまりにいつも通りのやり取りにスルーしそうになったが、そもそも俺の友達申請はどうなったのか。

「あの……それで……」

「ん？」

「と、友達の件って……どうなったかなって……」

言いながら思わず声が小さくなる。

「なんでまたモショモショ喋りに戻るのよ……。そもそも友達でしょ。私たち」

「え……そうなの？」

「他になんだっていうのよ……」

八奈見は両肘を手すりに預け、フニャリとした笑顔で俺を見る。

「……なに？　俺の顔をじっと見て」

「そういうとこだよ、温水君」

「どういうことだよ、八奈見さん」

八奈見はそれには答えず、クスクスと楽しそうに笑う。

俺はぎこちないなりに笑顔を作ると、八奈見を見返す。

……いまでもボッチが悪いだなんて思っていない。

自分が周りとどう関わりどう過ごすか。本人が決めた通りにすればいい。

ただ俺は、八奈見と並んでこうしていられる時間が好きだ。

「ありがと、八奈見さん」

心からの素直な感謝の言葉。

俺から自然と出た笑顔に、八奈見はちょっと驚いてから同じような笑顔で返してくる。

「どういたしまして」

八奈見は俺に向かって拳を突き出す。

「これからも頼むぜ、振られ仲間」

俺は八奈見の軽口に笑いながら、拳をこつんと合わせる。

「俺、振られてないし」

あとがき

はじめまして、このたび第15回小学館ライトノベル大賞でガガガ賞を頂きました雨森（あまもり）たきびと申します。

この本をお手に取って頂けたということは、すべからく負けヒロインに興味をお持ちの紳士淑女の皆様だとお見受けしました。（断言）

恋する乙女の強がりや涙、そして失恋の心の痛みを乗り越えて、愛する男の背中を笑顔で押す健気さ……負けヒロインにはラブコメの全てが詰まっています。今作で負けヒロインことマケインの魅力を少しでもお伝えできればと願っています。

そしてデビュー作の特権としまして、謝辞を述べさせていただければと思います。

まずは選考に携わってくださった多くの皆様。見出して頂けなければ、この本を出すことはできませんでした。

ゲスト審査員のカルロ・ゼン先生。初めての改稿作業の中、頂いた暖かい講評が道しるべとなりました。大変感謝しております。

登場人物たちに素敵な姿を与えて下さった、いみぎむる先生。こんな素敵な世界で温水（ぬくみず）や八奈見（やなみ）たちに愉快な日々を過ごさせてあげられるのが、ただただ嬉しくてたまりません。本当にありがとうございました。

その他、この本の制作や販売に関わってくださった皆様。販売店の皆様。この本を読者の方にお届けできたのは皆様のおかげです。

投稿作を書きだした頃、冒頭部分を読んで感想をくれたＩ先輩、Ｄ氏。二人の意見がこの作品の方向性に灯りをともしてくれました。

一番最初に完成した初稿も初稿。それを最後まで読んで感想をくれたＴ先輩、Ｎ氏、Ｗ氏。３人の意見が無ければ、この物語は別の形を迎えていたかもしれません。

ＷＥＢで作品を発表していた時の読み手の皆さま。頂いた感想や評価で書き手としての基礎を鍛えて頂きました。これからも書き手と読み手、がっぷり四つでお願いします。

本作を担当してくださった編集の岩浅(いわあさ)氏。遅すぎるデビューの新人作家に、根気よくお付き合い頂き感謝の言葉もありません。今思えば、なにも分からずこなしていた作業の一つ一つが、実際の文庫の形の原稿になると『こういう意味だったのか！』と目から鱗でした。

プロの世界の入り口に立ったばかりですが、その背中に学ばせて頂いた経験を今後に生かせればと思います。

そして最後に。その昔、ラノベ作家を目指して無職だった頃、なにも言わずに家に置いてくれた天国の父にこの本を捧げます。

ガガガ文庫11月刊

お兄様は、怪物を愛せる探偵ですか?3 ～沈む混沌と目覚める新月～

著／ツカサ

イラスト／千種みのり

混河家当主が、兄弟姉妹たちの誰かに殺された。当主の遺体には葉介が追い続けてきた“災厄”の被害者たちと同じ特徴があり——。ワケあり【兄×妹】バディが挑む新感覚ミステリ、堂々の完結巻！

ISBN978-4-09-453216-6（ガつ2-28）　定価814円（税込）

シスターと触手2 邪眼の聖女と不適切な魔女

著／川岸殴魚

イラスト／七原冬雪

シスター・ソフィアの次なる邪教布教の秘策は、第三王女カリーナの勧誘作戦！　しかし、またしてもシオンの触手が大暴走。任務に同行していた王女をうっかり剝いてしまって、邪教は過去最大の存亡の危機に!?

ISBN978-4-09-453217-3（ガか5-36）　定価814円（税込）

純情ギャルと不器用マッチョの恋は焦れったい2

著／秀章

イラスト／しんいし智歩

ダイエット計画を完遂し、心の距離が近づいた須田と犬浦。だが、油断した彼女はリバウンドしてしまう。嘆く犬浦は、再び須田とダイエットを開始。一方で、文化祭、そしてクリスマスが迫っていた……。

ISBN978-4-09-453219-7（ガひ3-9）　定価792円（税込）

ドスケベ催眠術師の子3

著／桂嶋エイダ

イラスト／浜弓場 双

「初めまして、佐治沙慈のおにーさん。私はセオリ。片桐瀬織」夏休み。突如サジの前に現れたのは、片桐真友の妹。そして——「職業は、透明人間をしています」。誰にも認識されない少女との、淡い一夏が幕を開ける。

ISBN978-4-09-453214-2（ガけ1-3）　定価858円（税込）

魔王都市3 -不滅なる者たちと崩落の宴-

著／ロケット商会

イラスト／ Ryota-H

偽造聖剣密造の容疑で地下監獄に投獄されてしまったキード。一方、地上では僭主七王の一柱・ロフノースが死者の軍勢を率いて全面戦争を開始する。事態を収拾するため、アルサリサはキードの脱獄計画に乗り出すが!?

ISBN978-4-09-453220-3（ガろ2-3）　定価891円（税込）

GAGAGA

ガガガ文庫

負けヒロインが多すぎる！

雨森たきび

発行　2021年 7 月26日　初版第1刷発行
　　　2024年11月30日　　　第10刷発行

発行人　鳥光 裕

編集人　星野博規

編集　岩浅健太郎

発行所　株式会社小学館
〒101-8001 東京都千代田区一ツ橋2-3-1
［編集］03-3230-9343 ［販売］03-5281-3556

カバー印刷　株式会社美松堂

印刷·製本　TOPPANクロレ株式会社

Printed in Japan ISBN978-4-09-453017-9

第20回小学館ライトノベル大賞
応募要項!!!!!!!!!!!!!!!!!!!!!!!!!!

ゲスト審査員は裕夢先生!!!!!!!!!!!!!!!

大賞：200万円＆デビュー確約
ガガガ賞：100万円＆デビュー確約
優秀賞：50万円＆デビュー確約
審査員特別賞：50万円＆デビュー確約

第一次審査通過者全員に、評価シート&寸評をお送りします

内容 ビジュアルが付くことを意識した、エンターテインメント小説であること。ファンタジー、ミステリー、恋愛、ＳＦなどジャンルは不問。商業的に未発表作品であること。
（同人誌や営利目的でない個人のWEB上での作品掲載は可。その場合は同人誌名またはサイト名を明記のこと）

選考 ガガガ文庫編集部＋ゲスト審査員裕夢

資格 プロ・アマ・年齢不問

原稿枚数 ワープロ原稿の規定書式【１枚に42字×34行、縦書き】で、70〜150枚。

締め切り 2025年9月末日 ※日付変更までにアップロード完了。

発表 2026年3月刊『ガ報』、及びガガガ文庫公式WEBサイト GAGAGA WIREにて

応募方法 ガガガ文庫公式WEBサイト GAGAGA WIREの小学館ライトノベル大賞ページから専用の作品投稿フォームにアクセス、必要情報を入力の上、ご応募ください。
※データ形式は、テキスト（txt）、ワード（doc、docx）のみとなります。
※同一回の応募において、改稿版を含め同じ作品は一度しか投稿できません。よく推敲の上、アップロードください。
※締切り直前はサーバーが混み合う可能性があります。余裕をもった投稿をお願いします。

注意 ○応募作品は返却致しません。○選考に関するお問い合わせには応じられません。○二重投稿作品はいっさい受け付けません。○受賞作品の出版権及び映像化、コミック化、ゲーム化などの二次使用権はすべて小学館に帰属します。別途、規定の印税をお支払いいたします。○応募された方の個人情報は、本大賞以外の目的に利用することはありません。